聚魂之地

端木弘彦

著

目次

第一章　嫁妝

清晨的街道孤寂冷清，這個大城市還沒有醒過來，熙攘的人群和車水馬龍的喧鬧仍未出現。薛靈璋在悄靜中一路走來，只有蹲在路邊的報販能讓她找到焦點，視線隨報販的動作向左側移動，看到幾份報章的頭條十分醒目，使原本略帶倦意的她精神一振，停住腳步。

今天的拍賣會似乎比她期待的更轟動，各大報章都以此作為頭條新聞，其中一份這樣寫：「本世紀最觸目的拍賣品，成吉思汗的黑貂裘今午隆重登場。」另有一份則寫：「成吉思汗的黑貂裘使貝洛奇足以與蘇富比和佳士德鼎足三立。」

讓薛靈璋駐足觀看的不只是文字，還有置於標題下一幅黑貂裘的照片。

一般來說，油墨打印的照片質素不會好到哪裡，可是眼下所見的超乎尋常，黑貂裘炫幻的毛色鮮明亮麗，它在平板而粗糙的紙質上流轉著眩人眼目的黑，潛藏耐人尋味的深沉與神祕，任誰看了都會充滿好奇，都會想發掘那段隱沒千年的驚世歷史。

薛靈璋從皮包摸出零錢，她已忘記上一次買報紙在多久以前，也許是中學的時候吧，這是會弄髒手的古老東西，現代人已經不需要它，但今天不一樣，她買了兩份以黑貂裘作為頭條的報章返回辦公室。為了驅走因緊張而徹夜難眠的疲倦，她泡了杯特濃咖啡，然後開始細讀每一則相關報導。

就在這時手機一響，收到北京辦事處主管施詩的短訊：「薛小姐，難得適逢其會在香港相遇，一起午飯如何？」

薛靈璋覺得納悶，施詩跟自己並無交情，甚至素未謀面，昨天約她吃晚飯不成事，今天大清早又再邀約，看來很心急想攀附她，真的太勢利了。她直截了當拒絕對方：「抱歉，下午的拍賣會尚有很多事情需要跟進，今天沒時間吃午飯。」

施詩迅速輸入：「真可惜，我明天返回北京，聽說你遲些會到北京去，我們到時再約。」

薛靈璋沒有說謊，下午的拍賣會極可能是她一生最重要的拍賣會，有許多瑣事需要她花時間打點。她很慶幸自己半年前加入貝洛奇，趕及參與一次轟動全球的盛事，黑貂裘的成交價極可能打破世界紀錄，今午的拍賣會甚至連退休已久、行動不便的爺爺薛岳都重出江湖。

在世界文物拍賣市場沒有誰不知薛岳的名字，薛岳在宋元文物鑑證的代表性就如王羲之於中國書法，當世界各地人士得悉薛岳也來湊熱鬧，其轟動程度與號召力絕不遜於成吉思汗的黑貂裘。

＊　＊　＊

薛岳吩咐孫女：「靈璋，為我安排機票，我要去香港出席今次的拍賣會。」

薛靈璋最初不贊成，力勸中風不久、剛從醫院回家休養的爺爺不要長途跋涉出行：「爺爺，我知道黑貂裘對你帶來的震撼，是你一手將它推上拍賣會。但你的身體狀態絕對不適合長途旅程，從巴黎到香港超過十小時，又要適應時差，你應付不了。」略想，又多加一句：「你不是說親眼見過、摸過黑貂裘已經死而無憾嗎？沒必要為它連性命也豁出去。」

「我愛黑貂裘卻更愛你。」薛岳覺得孫女不太明白他的心意，「我是為了你才打算出席拍賣會。」

「嗯？」薛靈璋的確不明白，誤解了他的意思，反問：「你懷疑我的辦事能力？」

薛岳搖一下頭，語重深長地說：「你精通四國語言，擁有博士學位，並且幾乎以滿分完成九個國際認受性最高的古畫鑑證考試，可惜出道四年一直被行內人冷待，因為華人的身分阻礙你在歐洲發展事業。」

薛靈璋不動聲息地在心裡呻吟，她難道不知道爺爺說的事嗎？

薛靈璋不單擁有高學歷，在學術上有十分超卓的成績，她還有極具吸引力的外表，八分之一法國血統和四分之一西班牙血統讓她長相漂亮迷人、身材頎長，論外在條件接近滿分。可惜，看在西方人眼裡她還是個華人，這大大壓制了她在歐洲古畫鑑證事業上冒出頭來，血統是薛靈璋永遠無法改變，任她再努力、再有才華也不可能改變，幸好她夠倔強也夠聰明，所以絕對不會認輸。

她這時眼睛閃出光亮，胸有成竹，反過來安慰祖父：「我現在相當不錯，成為貝洛奇行政總裁的私人助理，我的老闆很欣賞我。」

「別說你只是行政總裁的私人助理，就算有一天你成為貝洛奇的行政總裁又如何？只不過是一名高級職員，或者說是一個商人而已，難道你會滿足？你在大學畢業時說過，必定要成為歐洲古畫鑑證的權威，你說你薛靈璋於歐洲古畫鑑證的地位，將會如梵高於印象派藝術史一樣。」

薛靈璋高傲地昂起頭說：「古畫鑑證是我的強項，確是最有可能使我脫穎而出的領域，但如果此路不通，我可以另謀出路，我相信自己有能力另闢蹊徑。文物拍賣事業多姿多采、高潮迭起，我十分喜歡。」

薛岳輕輕拉過孫女的手放在兩掌中摩挲，柔聲道：「你絕非池中物，可惜欠缺能幫助你一飛衝天的人。靈璋，這次黑貂裘拍賣會正是難能可貴的好機會，讓你認識可以幫助你大放異彩的人。」

這次拍賣會，全球有點錢、有點身分地位的權貴與土豪都想去見識一下，據我所知，連羅富齊家族、米高‧森克斯伯爵、多位前任羅浮宮館長、亞洲拍賣會之父宮崎哲也的後人都將雲集香港。我跟他們有點交情，但礙於各人散落在不同地方，很難將你逐一介紹。事實上這些人都相當高傲，我領著你去登堂拜會，必然看出我們存心攀關係，這反而不好；唯有把握今次千載難逢的時機，才順理成章讓許多重要人物認識你。」

聽到米高・森克斯伯爵的名字，薛靈璋眼眸精光乍現，他是世界十大知名收藏家之一，是近代文物藝術拍賣史上一個極為顯赫的名字。

「除了米高・森克斯伯爵，我們還會邀請誰？」薛靈璋笑得像個得到波板糖的小女孩，手舞足蹈，活潑跳脫，感染了精神不太好的薛岳也抖擻起來，十分起勁：「我草擬了一份名單，打算在黑貂裘拍賣前夕邀請他們飯聚，由你負責在香港安排合適的宴客場地。」

「出席人數有多少？」薛靈璋的腦部快速活動，她曾在香港短居數月，出席過不少盛宴華筵，這時候已經想到幾處好地方。

「我已列出一張百人名單，但最終只會邀請約十人。請客是人際關係中一門極之深奧的學問，客人太多會顧此失彼，每位只能蜻蜓點水般介紹一下，喧鬧有餘而交流不足，跟普通商務應酬沒兩樣。我們必須將目標集中，讓你有足夠時間跟他們溝通；還有，宴客的日子必須具有獨特性，選擇在黑貂裘拍賣前夕必使來賓永誌難忘，又可讓大家有共同話題。尚有一點要注意，來賓最好互相認識甚至頗有交情，勉強將不相干的人拼成一桌，氣氛拘謹，客人食之無味又怎會有好印象？我要所有賓客都覺得這是一次愉快、有趣而又充滿內涵的聚會，你就是聚會的焦點所在，這樣大家才會將你記在心上。

我將名單交給你，你先點出對你事業最有幫助的一群，再讓我評估他們該不該被邀請。你父母早死，栽培你是我的責任，我必會傾盡全力協助你力爭上游。」

當薛岳將名單交到孫女手上，她看了一眼就渾身火熱，一百零四位既富且貴又獨當一面的大人物分布五洋七洲，她想也不敢想可以認識他們，要從中挑選十人真不容易，要跟爺爺商量幾天幾夜。

＊ ＊ ＊

在成吉思汗的黑貂裘重現當世之前，沒有人相信一件皮草可以保存過千年不變，不但不變，還因滿載歷史的懸疑使之高不可攀。薛岳第一次觸摸它的時候，昏花的老眼頓時清明，既驚且喜又嘆為觀止，心中暗忖：一生在宋元文物泡浸的歷練都不及這一刻矜貴。

世人未必認識黑貂裘，它是蒙古部族的三大瑰寶之一，本是成吉思汗元配孛兒帖最貴重的嫁妝。一代天驕在年輕的時候磨難極多，他被族人拋棄，被泰赤烏部人抓擄，其後努力尋找能支持他反敗為勝的力量，他父親的好友，安答克烈部的王罕是他最渴求的助力。就在鐵木真苦無一份體面的禮物去討好王罕之時，孛兒帖將其母送給她做嫁妝、生命中最貴重的財產黑貂裘交出，給予丈夫作為獻禮。縱觀成吉思汗統一蒙古的歷史，王罕的幫助至為關鍵。因此，黑貂裘間接寫下人類歷史重要的一筆，造就了震古爍今的雄圖霸業。

所以，黑貂裘有雙重意義，除了是稀世奇珍還創造了歷史。

黑貂裘能考究的歷史超過一千年，一千年的歲月對任何物質都會造成無可避免的耗損，無論金屬、瓷器、玉器或字畫，經歷了一千年的磨蝕，必須經過多次修復才能光耀人前。動物皮毛則不一樣，不可能像金屬或其他堅實的物質一樣耐得起磨蝕，也沒可能被修復。可幸黑貂裘根本不必修復，因為今天所見的樣子，跟八百多年前給孛兒帖陪嫁時一樣充滿懾人的華麗。

薛靈璋首次見到黑貂裘的時候尚未知其底蘊，以為是款式過時的皮草，只見其毛色光可鑑人、柔潤而且輕如無物，絕非一般富戶買得起，估算至少要一百萬美元以上。及後知道它的來歷，直教她拍案驚奇，動物的皮毛竟然可以承受千年的摧折，其價值肯定連城。

接到賣家的正式委託後，貝洛奇從上到下都陷入亢奮，無論電子科技組或市場策劃部，由小文員到行政總裁，人人全情投入於宣傳和籌備。

＊　＊　＊

拍賣會舉行前一星期，薛靈璋與薛岳來到香港。這是她人生最精彩的一星期，邀請她接受訪問的傳媒有數十個，連接不斷的公務應酬，還要一絲不苟地準備薛岳做東的私人晚宴，所有事情都使她的腎上腺素與日俱升，到了晚宴開始之時，她的精神狀態到達巔峰。

不只薛靈璋，她的爺爺也不尋常地充滿幹勁。薛岳大病初癒，身體大不如前，卻無時無刻為晚宴絞盡腦汁，為了吸引一眾身分不凡的嘉賓答應出席，並且讓他們在宴會後留下深刻印象，他為晚宴想了主題：「黑貂裘與蒙古歷史」。

薛岳這點子不錯，被邀請的嘉賓全部應邀赴約，不單如此，每一位都很早到場，包括其中兩位極可能在拍賣會後成為黑貂裘新主人的收藏家。

「黑貂裘的歷史要從成吉思汗稱霸推前至少二百年，據史籍記載，它是成吉思汗曾祖父合不勒汗的堂兄弟，俺巴孩汗流傳下來的遺物。當年俺巴孩汗跟塔塔爾人和女真人作戰，以黑貂裘作為戰袍。俺巴孩汗去世後三年，乞顏部立了一塊九尺高的石碑，請了孛兒帖的父親德薛禪用了九天九夜刻下九十九個契丹字做碑文，乞顏部以這件戰袍作為酬謝德薛禪的禮物。其後德薛禪將黑貂裘給愛女孛兒帖做嫁妝，之後又轉交到鐵木真手上，其實是物歸原主。」

若沒有明天的拍賣會，一眾歐美貴賓未必對蒙古皇朝的興衰感興趣，現在他們卻津津有味地聽薛岳說故事。雖然在座各人都見識非凡，但畢竟亞洲距離遙遠，蒙古人的輝煌與現今世代已無甚聯繫，眾人鮮有插口的機會。薛岳完成開場白後跟孫女交換眼色，示意她接手主持大局，務必好好表現自己。

薛靈璋的專業在於歐洲古畫，中國和亞洲歷史知識本輪不到她來賣弄，幸好薛岳為她臨時惡補了非常豐富的蒙元歷史，足夠讓她在今夜侃侃而談。她周旋於賓客之間，奉上爺爺珍藏的陳年佳釀，笑意盈盈地為大家添酒。由於列席者互相認識，人人都聊得輕鬆愉快酒量大開，於觥籌交錯之間，來自丹麥皇室的克里斯蒂安夫人酒酣耳熱地說：「我來之前讀了一些歷史書，據說在孛兒只斤家族的歷史裡，還有兩件寶貝跟黑貂裘齊名，你可以介紹一下嗎？」

「當然可以。」薛靈璋輕快回答，這話題正是她早已準備的，隨即朗朗然說：「在蒙古史上能與黑貂裘相提並論的寶貝有飲血彎刀和二龍珍珠。

飲血彎刀陪伴鐵木真縱橫天下，相傳他十五歲那年認識了一名出色的鑄刀匠，刀匠看出正在顛沛流離的他必成大器，特地為他鑄造一把又大又鋒利的彎刀。鑄刀的時候一邊用火煉一邊灑上鐵木真的血，彎刀鑄成之後呈暗紅色。其獨特之處是這把削鐵如泥、一劈可以把壯牛分成兩段的大刀怎麼也傷不了鐵木真，就算用力狠劈在他的脖子上，也連皮都沒擦破一點，所以說彎刀認得主人。飲血彎刀是成吉思汗一生最愛的寶物，凡寶物易主則不祥，他一再叮囑其子孫在他死後務必將之陪葬，切不可據為己有。」說到這裡，一陣譁然驚嘆打斷薛靈璋，眾人對她所說的聞所未聞，興致勃勃地討論起來。

能逗引嘉賓的好奇心很重要，薛靈璋自鳴得意，像個成功的說書人，讓聽眾沉迷在故事裡，接著以少女自然流露的活潑開朗繼續暢談：「除飲血彎刀外，二龍珍珠亦是舉世無雙，一顆要兩掌合抱的碩大珍珠本身已屬稀世奇珍，內裡還藏有兩條用同一塊黑玉雕成的龍，珍珠雖然被掏空，但外觀仍然渾圓光滑，絲毫沒有被切割的痕跡；另一奇是它縱然渾圓並且內重外輕卻永不翻滾，放於任何地方皆四平八穩，於光線下一透，兩條黑玉龍清晰可見其雕工細緻無倫，這樣的藝術品，就算以當今世代的高科技都絕不可能製造。」

「二龍珍珠也像飲血彎刀一樣做了成吉思汗的陪葬品嗎？」發問者來自美國富豪家族富蘭克林。

薛岳微微昂頭，以相當權威的語氣回答：「我跟北大教授合著了一本書，研究有多少歐亞地區的奇珍異寶被收納在成吉思汗陵之內，我相信二龍珍珠極可能是陪葬品之一。」

「可是當中不包括黑貂裘。」米高・森克斯伯爵揚了揚手，他帶備拍賣會的小冊子，內裡對黑貂裘有非常詳盡的介紹，也引述了薛岳為黑貂裘撰寫的鑑證報告。森克斯伯爵質疑：「既然三件寶貝在蒙古歷史中齊名，為甚麼黑貂裘沒成為陪葬品？」森克斯伯爵假設了黑貂裘並非來自陵墓，同席的朋友都認同他，七嘴八舌地和應。有人說：「對，我不相信皮草埋在墓穴下可以保持完整。」也有人問：「薛博士，能透露賣方是不是成吉思汗後人嗎？」

薛岳的眼睛瞄向薛靈璋，森克斯伯爵帶出的話題也是薛岳為孫女準備好的，正中下懷。薛靈璋承接爺爺的示意微笑講解：「賣方並非蒙古人。黑貂裘確定並非來自成吉思汗陵的原因有三個：第一，正如我爺爺剛才說，鐵木真已將黑貂裘送給克烈部的王罕，那就再不屬於他的了；第二，我和爺爺都接觸過黑貂裘，它明顯得到很好的保養，要知道皮草的保養條件相當嚴苛，絕不可能任它自生自滅在陵墓八百年；第三，世上根本沒有人知道成吉思汗陵墓在哪裡，誰可以盜他的墓？」

「真的嗎？」發言者是席上最年輕也最英俊的男士，「不會吧，我有朋友自稱參觀過成吉思汗陵，他說那兒是內蒙古最著名的景點，難道陵墓是假的？」

薛靈璋知道這位男士的背景，他來自據說擁有世界一半財富的羅富齊家族，而他正是家族裡的領軍人物。為此，她調好聲線，以最溫柔、最動聽的語調用心解釋：「羅富齊先生，你朋友參觀的地方應當是鄂爾多斯高原伊克昭盟伊金霍洛旗阿騰席連鎮的甘德爾敖包。」她說了個長得不能再長的地名，「那裡是八白室，即是蒙古人祭祀的地方，象徵性的陵寢，由八座白色氈帳構成而得名，簡而言之是個陵園，存放成吉思汗用過的長矛、闊刀、神弓等物品，又甚至說存有他三個皇后、兩個胞弟、四子拖雷和夫人的靈柩，事實上根本沒有屍體在那兒。今天我們看到的成吉思汗陵園已經搬過好幾次。」

「以現代的科技，難道還不能夠找出成吉思汗的埋骨之所？」

薛靈璋很高興對方繼續發問，這樣她就可以繼續賣弄知識：「孛兒只斤家族的埋骨之所應當是世上最神祕的帝皇墓穴。按蒙古習俗，大汗葬地與祭祀之地是分開的，大汗下葬的過程極其神祕，送喪途中所遇的人一律殺之無赦。屍體下葬之後，會驅馬踏平泥土然後任由周圍樹木叢生，成為密林，誰也辨不出屍骸的準確位置。後代子孫為了方便族人隆重祭祀，會另覓地方建立大汗的陵園，由成吉思汗生前的斡兒朵負責守護。而真正的墓地只有大汗繼承者才知道，就算皇族的嫡親子孫也只能在遠處遙拜。」薛靈璋越說越興奮，俏臉上的紅暈不斷擴大加深，熱氣一湧而上，她故作懸疑地壓低聲音，以說書人的技巧詭異地道：「各位可曾知道在二〇〇二年，有美國探險隊去挖掘懷疑是成吉思汗陵墓的時候有新發現，那裡極可能是正確地點，可惜沒人有膽量繼續發掘。」

「為甚麼？」幾把聲音同時發問。

「探險隊發現一道滿布毒蛇、三公里的護牆，負責挖掘的工人皆被蛇咬，誰還有膽量掘下去？最邪門的是探險隊的車子竟然無緣無故滾下山坡，他們唯有知難而退，這件事在考古界非常轟動。」

嘉賓們臉露訝然之色，半信半疑。

「那麼說，成吉思汗的子孫其實不知道自己祖先埋葬在哪裡？」

「蒙古人有特別的方法辨認墓穴位置。據史書記載，蒙古人以千萬匹馬蹂平墓地之後，會殺一隻小駱駝於墓地上，來年雖然蔓草叢生，只要以被殺小駱駝之母為導，視其躑躅悲鳴於何處，則可知墓穴的確切位置。」

來賓們眉頭略緊，來自西方的上流社會，道德文明當然跟八百年前的蒙古部族不一樣，克里斯蒂安夫人輕力搖頭表示不忍。薛靈璋洋洋自得，覺得每一位都聽得很投入，所有注意力都集中到她身上。

「噢，」羅富齊先生身旁的老者悄聲說，「相當殘忍，為了一條屍首，算不清要削奪多少生命。」

薛靈璋討好地點頭認同，再進一步炫耀自己的學識：「對我們現代人來說相當殘忍，對古時東征西討的蒙古人而言則微不足道。就以當年蒙古軍攻陷巴格達一役為例，他們屠殺了八十萬人，也只不過是他們手下冤魂的小部分，區區幾隻駱駝就像微塵。」

「單憑幾隻駱駝就可以解決問題？」克里斯蒂安夫人並不相信，「駱駝媽媽死了怎麼辦？這方法其實行不通，應該不是真的。」

薛靈璋望向爺爺，中國歷史不是她的專長，這裡唯有薛岳能回應克里斯蒂安夫人。

「克里斯蒂安夫人所說甚是，我相信鐵木真的繼承者另有方法辨認和進出墓地，至於這祕密是否經歷八百年仍可以世代相傳則不得而知。近代探訪過孛兒只斤家族的史學家都認為不可能再有人知道祕密，就像沒有人知道所羅門的寶藏一樣。」

忽然，有位一直沉默的男子發問：「如果今天有人自稱能提供尋找成吉思汗陵墓的資料，薛博士你認為可信嗎？」男子名叫彼得・白夫理，薛靈璋認為他是來賓之中，地位和財力都較為遜色的一位。白夫理能夠出現在薛岳的邀請名單上，是因為他屬世界級的經紀，人脈極廣，口才和經營手段十分了得，在古董拍賣市場上聲望甚隆，經他直接或間接促成的交易連續二十年保持在三十億美金以上，每位新手入行都必定拜會這位前輩。

長袖善舞的彼得‧白夫理今晚算是少說話了，他一直悠然自得地自斟自飲，晚宴上所有人都認識他，但除了森克斯伯爵，其他人跟他不算深交。他的話才脫口，瞬即吸引全場目光，因為白夫理的語氣並非信口開河，他十分認真。森克斯伯爵饒有趣味地嘲笑老朋友：「你知道甚麼？說來聽聽，一定很精彩。」

白夫理已有微醉，臉色緋紅，哈哈一笑說：「就這麼巧，前一陣子，我接到外甥的詢問，說他的朋友得到一幅與成吉思汗陵墓有關的畫，好像說藉著畫就可以找到成吉思汗陵墓，問我能賣多少錢，叫我替他的朋友在市場上問價。想不到今晚聽到相關的話題，哈哈，有趣得很。」

薛岳和薛靈璋都覺得好奇，談到古畫，薛靈璋興趣盎然，問：「是怎樣的畫？在哪裡搜購的？有沒有照片可看？」

誰知道薛靈璋的認真使白夫理笑得前俯後仰，他邊笑邊用餐巾抹掉沾上鬍子的酒，沒好氣回答：「外甥的朋友是位醫生，在德國生活，因為心腸好，近兩年在難民營服務。他說他的畫從一個敘利亞難民手上得來的，……哈哈，哈哈哈。」白夫理繼續笑，他真的覺得很好笑。

全場都被他酣暢的笑聲感染，一起縱聲大笑，在歡樂的氣氛下，大家再一次舉杯盡飲。薛靈璋和薛岳都很滿意，他們正是期待這樣的一晚，讓所有貴賓都難以忘懷的一晚，這一晚之後，薛靈璋要再進一步巴結他們就容易許多，日後只要重提黑貂裘拍賣前夕的晚飯，大家都會記得做東的美麗女孩。

陪著朗笑的薛靈璋乖巧機靈，她滿有誠意地對白夫理說：「很多文物都在經歷紅塵百劫之後再展光華，這樣吧，」她適時遞上自己的名片，先給白夫理，再遞給其他來賓，「讓你外甥的朋友帶著畫來找我，貝洛奇擁有世上最完備的文物資料庫，我可以替他搜尋相關資料，做一個詳細的市場價值評估。還有我爺爺，黑貂裘正是他一手帶到世人眼前，他必定幫得上忙。」

白夫理欣然接過薛靈璋的名片，點頭說：「很好，我會告訴我的外甥。可是你要有心理準備，據聞他的朋友事事認真，他必然會來找你，到時候你要好好幫助他。」

「當然，也許很快又再有一次舉世轟動的拍賣會。」薛靈璋鼓起掌來，左顧右盼身邊的客人，以笑容、聲線和姿態將氣氛弄得熾熱，「若真有這麼一天，在座每一位都會出手競投這幅畫是不是？」

晃著酒杯的克里斯蒂安夫人首先搶答：「我不會啦，我太老了，不會斥鉅資購買尋寶遊戲，那該是年輕人的玩意。」邊說邊瞄向羅富齊。

「對，我有興趣，因為一定很好玩。」含蓄的羅富齊也來調笑一番，「薛小姐，如果那幅畫不做公開拍賣，請首先考慮賣給我，價錢不成問題。」

森克斯伯爵以長輩的語氣做溫馨提示：「我知道世上不存在你買不起的東西，不過，我不會輕易讓你得手。」

薛靈璋俏媚地望望羅富齊又望望森克斯伯爵，裝出為難的樣子眨眼睛，樣子可愛極。又再一陣哈哈大笑，之後眾人話鋒一轉，調侃白夫理又調侃薛靈璋，問白夫理他的外甥是否年輕英俊，有沒有女朋友……。

這夜，嘉賓無不盡興而歸。

* * *

本世紀最重要的拍賣會順利完成，黑貂裘一如所料以破世界紀錄成交，幾乎全球的報章都有專題報導，貝洛奇聲名大噪。為此，老闆以重金獎勵負責項目的員工。薛靈璋賺了人生最大的一筆收入，開始覺得做買賣不比做鑑證遜色。爺爺薛岳賺的是名氣與社會地位，她賺的是真金白銀。只要賺取的真金白銀夠多，她就可以進一步得到名氣與社會地位。亢奮了幾天，薛靈璋才好好地睡上一覺。由於老闆指示她要待黑貂裘完成交接之後才返回法國，她便趁機瞭解香港辦事處的工作情況。

這一天，是黑貂裘交接的日子，下午四時，薛靈璋將會參與交接儀式。卻在這天早上來了不速之客。

薛靈璋甫進公司大門，接待處的職員立即上前通報：「薛小姐，有一位約爾・康德先生在二號會客室等你，他說自己剛從德國來香港，是彼得・白夫理先生介紹的，他手上有一幅具有非凡價值的畫想推薦給你做估價。你願意接見他嗎？還是要他另約時間？」

薛靈璋的腦筋轉了一圈，隨即猜到來人是誰，一定是白夫理外甥的醫生朋友，對方自稱手握一幅與成吉思汗陵墓有關的畫。由於沒準備接見客人，她本想推卻，至少要對方另約時間見面，但略作猶豫後改變主意，她不能待慢彼得・白夫理的朋友。

「好，我接見他。」薛靈璋吩咐接待員，「請送兩杯咖啡到二號會客室。」

第二章　偷情記

三個月前，約爾．康德在德國過著安安穩穩的生活。身為肝臟專科醫生，他賺到好生活，也得到別人尊重，按理說應該滿足快樂，但事實並不如此，他經常覺得悶悶不樂，溫吞水一般的日子教他經常思考該做甚麼才能突破人生。為了跳出舒適圈，他毅然辭去醫院的工作，接受了舊同事的邀請到難民營服務。

這天在午膳後他就頻頻看錶，期待快點完成工作跟麥巴倫吃晚飯。

麥巴倫跟約爾在慕尼黑大學的觀星學會認識，他們有很多共同之處：大家同樣熱愛欖球和觀星，同樣仰慕康德與笛卡兒，同樣視地球暖化為人類最逼切解決的問題，兩人甚至有相同的政見和近似的人生觀。總之就是非一般的投契，就是那種人生只會遇上一兩個，甚至可能一生都不會遇上的知心好友。大學畢業之後，約爾成為醫生，麥巴倫加入歐洲航天局工作，大家就不常見面。今天相約的餐廳叫「風鈴草」，在海德堡相當著名，很期待它的葱燒香腸和蘋果餡餅，想到這些，他不期然又看看錶。就在他心不在焉之際，幾張熟識的臉出現眼前，是穆薩利的遺孀阿米娜和她的孩子。

近年，德國接收許多從中東而來的難民，約爾工作之處收留的都是敘利亞難民。穆薩利是約爾在新崗位上接觸的第一位病人，他一家五口先從敘利亞逃到黎巴嫩，再跑到希臘，輾轉抵達德國，在難民營待了十八個月。由於肝病，穆薩利的日子過得很痛苦，直至遇上約爾，他的病況才有明顯好轉。

約爾特別留意穆薩利，因為他的家當中有一幅畫。對於難民來說，攜著一幅畫逃難十分稀奇，約爾猜想這該是他的家傳之寶，曾經跟他打趣：「這是另一幅《蒙羅麗莎》嗎？還是另一幅《救世主》？」

穆薩利裝出一臉傻相，做了個此地無銀的回應：「這東西不值錢，它只是祖宗的遺物，除了我家的人，誰都不會將它放在眼裡。當然，我的祖宗為甚麼要把這張畫一代一代傳下去，我其實不太明白。當中必有原因，但願有人能告訴我。」

穆薩利外貌雖然粗魯，談吐卻相當溫文有禮，英文發音準確動聽，遣字用詞優雅講究，應該受過高等教育。穆薩利很忌諱別人注意他的畫，就算約爾給他治過病，對他很友善，大家也曾談笑甚歡，不過自那次打趣之後，他就只會點頭微笑，頂多說聲謝謝，就再不想跟約爾傾談。

經過約爾細心觀察，發覺穆薩利在睡覺的時候會將畫放在身下壓著，任何時候都會將畫放在觸手可及之處，上厠所或洗澡就由他太太阿米娜看管，他會敵視任何一個注意或談論畫的人，因此，他跟其他難民的關係不好，完全沒有交流。

在約爾的悉心醫治下，穆薩利的肝病差不多痊癒，他十分感激約爾，兩人建立了醫患以外的友誼。約爾發現穆薩利的學識十分淵博，細問之下知道他在敘利亞原是位大學教授，一個專門研究亞洲歷史的學者。

某一天，穆薩利帶同妻兒到來複診，歡歡喜喜地告訴約爾：「我接到通知，我們一家得到法國收容，在下個月中啟程到巴黎定居。康德醫生，你是我逃離敘利亞後遇上最好的人，我萬分感謝你。」說罷，呼喚妻子和兒女一起向約爾道謝。

約爾由衷替他們高興，以為他們一家終於守得雲開，從此脫離苦難。可惜，大約一星期後，難民營傳來噩耗，一名敘利亞難民懷疑家傳的畫被盜竊與人打鬥，糾纏間身中四刀身亡。

約爾即時想到穆薩利，在多番打聽之後確定是他，心裡十分難過；想起他三個可愛漂亮的兒女湧起惻隱之心，找上穆薩利的遺孀阿米娜，打算在金錢上給他們一點幫助。

*　*　*

阿米娜的樣子十分憔悴，伸手接過約爾的餽贈卻並未道謝，雙手舉著鈔票停在半空，明顯地有事想說又不知該不該說。

「怎麼了？」約爾關懷她，「有職員協助你為丈夫辦理喪事嗎？這事有沒有影響你們移居法國的安排？」

阿米娜哀傷地搖頭，眼淚決堤崩瀉，站在身旁的孩子也哭起來，孤兒寡婦的淒苦說多慘有多慘。約爾心痛地問：「我有甚麼可以幫得上忙？你只管說，能做的我一定會做。」略微猶疑，又說：「我可以在金錢上加多一點幫助，你們明天再來一次可以嗎？。」

阿米娜在淚眼迷濛中凝視恩人，把心一橫，狠狠做了決定：「康德醫生，你能出錢買下這幅畫嗎？」

約爾倒沒在意這東西一直放在阿米娜腳邊，她將畫舉到約爾眼前，屏息靜氣又壓低聲音說：「我不需要它，我們家族因為這不祥之物一直交上惡運，有潦倒街頭的，有為它失去性命的，有沉溺在尋找它背後故事而不能自拔的。我不需要它，我需要錢！我們需要錢去法國重過新生。」

原來穆薩利的畫沒被偷去，約爾接過阿米娜遞上來的、那張穆薩利珍如拱璧的畫，在對方點頭允許之後，將包裹它的帆布褪下。

然後，強烈的失望湧上來。

約爾對畫不在行，在他的概念中，畫的題材不是人物就是風景，但目下所見的跟這些都不相干，一堆斑駁的顏色連塗鴉也稱不上。他失笑了，問：「我對藝術認識很少，請指教，這幅畫的價值在哪裡？在於歷史悠久？還是出自名家手筆？」

承接約爾的問題，阿米娜突然變得緊張，神經質地東張西望，確定近處沒人竊聽，才煞有介事地說：「這幅畫的價值不在於藝術，它是尋找成吉思汗陵墓的必需品，你知道成吉思汗的事蹟嗎？」

約爾真想翻白眼，只因為禮貌才勉為其難地裝模作樣將畫觀察一番。

他沒興趣深究阿米娜的話，卻不忍心拒絕她的要求，只好盡力而為：「你打算賣多少錢？如果數目不大，我給你就是。畫是穆薩利的命根，就讓它代替穆薩利陪伴你和孩子們往法國去。」

「不！」阿米娜悻然道，「這東西帶給穆薩利家族的災難已經太多，我不會讓詛咒繼續纏繞我的孩子。」

「嗯。」約爾不高興了，半說笑地道，「既然這東西會帶來詛咒，你卻想我買下它，豈不想害我？」

阿米娜很尷尬，勉強解釋：「對穆薩利家族來說是災難和詛咒，對其他人則不是，甚至可能是寶貝，它的確很有歷史價值。」

約爾笑笑，依然不打算對畫的歷史價值認真，只想幫助阿米娜和她的孩子，於是再一次問：「你想賣多少錢？」

阿米娜緊盯約爾，表情戰戰兢兢，遲疑了許久之後，緩緩地伸出手掌張開五指。

「五千？」約爾憑直覺猜測，因為五百太少了，不可能。

阿米娜仍舊盯著他，眼內有掩藏不了的失望，五隻手指就此輕輕放下，不再言語。

約爾欠了欠身，覺得一幅連構圖也沒有的畫不可能值五萬，認為阿米娜貪心了些，因此，他只能說：「我再給你五千歐元，算是我對你和孩子的一點心意。你可以為你的畫另覓買家。」

阿米娜有一陣子洩氣，但很快重新振作，她早有準備，從口袋摸出一疊又殘舊又骯髒的羊皮紙向約爾繼續推銷：「你看，這是穆薩利祖先留下來的紀錄，它能證明這幅畫有非凡價值。」她察顏觀色，見約爾無動於衷，苦苦哀求：「你看看吧，如果你願意讀完羊皮紙上的內容，你一定會另有想法，求你看看吧。」

約爾被動地接過羊皮紙，又被動地瞄一眼紙上的文字，然後深深嘆一口氣。據考證，造紙術在八世紀傳入中東之前，伊蘭世界都以羊皮作為紙張，這是稀有而昂貴的東西，約爾認為它應該比所謂的畫更有歷史價值。可惜，他只能再次深深嘆一口氣，說：「我猜羊皮紙上的是阿拉伯文，我不懂啊！」

約爾的回應在阿米娜意料之內，她急忙補充：「我知道，我可以給你翻譯。」沒等約爾答允，她以英語讀出羊皮紙上的內容：

「我的子孫們，《聚魂之地》的故事一代傳一代，已經傳了百多年。先祖輩一直以口耳相傳，除了因為先祖們沒受過教育，欠缺文字表達能力，也因為《聚魂之地》的價值太驚人，留下文字記載容易讓見財起意的人得知，這些心懷歹念的人必然會想盡辦法掠奪《聚魂之地》。

今天是我六十歲生日，我覺得必須將《聚魂之地》的故事記下，要不然隨年月逝去，很難確保《聚魂之地》的祕密可以繼續流傳，它的非凡價值從此淹沒世間，這是我十分擔憂的事。我的子孫們必須緊記，《聚魂之地》是我們家族之寶，我們不惜一切，要用生命好好保護它，等候用得著它的時候到臨。

《聚魂之地》是何時的產物我無從得知，它在十三世紀傳到我們先祖手上，而將之交給我們先祖的，則是蒙古大汗蒙哥的第三個妻子出卑皇后。

我們先祖原居於巴格達，從十二世紀開始出了一個又一個了不起的科學家，好幾代人都是知識分子，除了皇室貴冑，他們就是社會上最尊貴的一群。在那個年代，科學家集天文、地理、醫學、占卜各項所長，先祖們一直活躍於上流社會，為皇族服務，直至蒙古軍隊攻陷巴格達，幸福就此離去。

蒙古軍入侵之前的巴格達，屬於阿拔斯皇朝的穆斯台耳綏木。當日，蒙古軍向巴格達城發動猛攻，哈里發遣子請降，蒙軍湧入巴格達城，穆斯台耳綏木親率三子及大小官員約三百人出降，其中有五名高級官員是我們的家族成員。

儘管穆斯台耳綏木已經投降，蒙古主帥旭烈兀卻沒有放過他及巴格達城的平民。蒙軍瘋狂燒殺劫掠七日七夜，在短短數天之內，巴格達城死了八十萬人。穆斯台耳綏木被裝入布袋內縱馬踏死，其長子亦被蒙古人所殺。出降的三百餘官員，僅有七個人可以保住性命成為蒙軍俘虜，當中有我們的先祖莫安雅兒，他是當時最有名望的科學家，其名聲遠播整個阿拉伯世界。

建立了五百零八年的阿拔斯王朝至此滅亡，巴格達人被蒙古人統治，能活著的前朝餘孽逼於無奈為新統治者效力。莫安雅兒由於才幹出眾，成為極少數獲蒙古人厚待的俘虜，在多次機緣巧合下立了大功，之後一步一步接近統治階級的最高層，後來更和蒙哥的第三位皇后有了私情。

出卑皇后不是美女，更非聰慧過人，卻極度自以為是，要討好這樣的女人絕不困難。尤其莫安雅兒識見過人、年輕而且英俊，要贏得她的傾心輕而易舉。單是有一次正確預測一場流星雨，讓笨女人相信長生天為她的智慧與美貌動容，就足以得到出卑皇后毫無保留的信任。加上統治者的女人沒有一個不寂寞，莫安雅兒連她的愛情也得到了。

莫安雅兒跟出卑皇后相好不久，已聽她提及成吉思汗陵墓的事。她不知道大汗陵墓的所在地，聞說那裡是一處很奇特的地方，生命的一切奧祕都盡藏於此，被成吉思汗稱為『聚魂之地』。由於大汗得知該處那驚天動地的祕密，因此選擇它作為自己的埋骨之所，鐵木真叮囑子孫要同穴而葬，而墓穴的正確地點必須汗位繼承者才可以知道。對蒙古人來說，知道祖先陵墓位置才能稱得上真正的汗位繼承人。

由於大汗陵墓沒有任何記號，並刻意任由雜草遮蓋，所以埋葬下一任大汗時必須得到『路引』幫助，而『路引』是一幅畫，名曰《聚魂之地》。

莫安雅兒猜想所謂的『畫』其實是一幅地圖，於是萌生一個念頭，要是自己知道皇陵所在，便可以得到成吉思汗的財寶，並且可以大肆破壞他的陵寢，以報亡國亡家之恨。

有了這個心願，他加倍討好出卑皇后，耐心套取更多《聚魂之地》的資料，可恨出卑皇后對它所知無幾。《聚魂之地》太重要了，只有汗位繼承人才能擁有，這東西間接成為皇權的象徵，任何想爭權奪位的皇子都要得到它才能安葬上一任大汗，才能成為讓全部族人信服的新任大汗。

莫安雅兒很聰明，他裝出很關心情婦、很為她感到憂慮的樣子，提醒出卑皇后，如果大汗突然駕崩，來不及將《聚魂之地》交給繼承者，那會怎樣？無法知道正確的下葬地點直接危及皇權。當時的出卑皇后地位岌岌可危，皇帝後宮鬥爭無日無之，莫安雅兒趁機慫恿她去爭奪《聚魂之地》，至少知道它的收藏地點和使用方法。他分析形勢，推動情婦參與權力鬥爭，說服她相信如果掌握祕密，她的地位就大大不同了，就算其夫蒙哥死於戰爭來不及指定繼承人，出卑皇后也有恃無恐，她可以倚仗《聚魂之地》去把持皇權，甚至隨心所欲指定新一任大汗。

在莫安雅兒推波助瀾之下，出卑皇后想了一套計劃欺哄丈夫。她沒要求情夫一起參與行動，因為莫安雅兒始終是個戰俘。有份參與計劃的人包括出卑皇后的父母、兄弟，後來不知怎地，蒙哥其中一個弟弟阿里不哥也插手其中。

我們的先祖不是壞心腸的人，他沒有貪念，只因眼睜睜看著巴格達城的八十萬人慘死在蒙古軍的鐵蹄下，一堆一堆如山般高聳的屍體疊在柴火中等候焚燒，那鬼哭神號的景象，使他不能不報復。他立下宏願，如果上天讓他找到皇陵裡的財寶，必定留待王朝光復之日，重建屬於阿拉伯人的巴格達城。

莫安雅兒不清楚出卑皇后的計劃和行動，不久之後，蒙哥的死訊傳來，他一度很失望，心想大汗死得太急，可能來不及交代陵墓隱祕。但其後眾人卻稱蒙哥將會葬在成吉思汗和拖雷之旁，我們的先祖便知道有人掌握了《聚魂之地》及其使用方法。

蒙哥的喪禮日漸逼近，莫安雅兒再見到出卑皇后的時候立即追問《聚魂之地》的事，而他的情婦則唉聲嘆氣舉出一件莫名其妙的東西。

原來，出卑皇后的計劃成功了一半，她得悉『路引』的收藏處，並在蒙哥死後成功找到《聚魂之地》。可惜，使用『路引』的方法卻仍未得手，反而阿里不哥卻自稱懂得使用『路引』，要求出卑皇后交出《聚魂之地》，要不然也是得物無所用，最終兩敗俱傷。

出卑皇后當然不肯就範，反過來威脅阿里不哥，要他說出《聚魂之地》的使用方法，否則她選擇同歸於盡。兩人一直爭持不下，隨著蒙哥的葬期逼在眉睫，繼承者若不能將蒙哥與祖先合葬，將遭受滅頂之災。尤其南征的忽必烈蠢蠢欲動，早已準備北返爭奪汗位，阿里不哥和忽必烈若沒有象徵皇權的『路引』做護身符，便誰也不可以理直氣壯自稱汗位繼承人，誰登上帝位也不會使人心悅誠服。

出卑皇后深知莫安雅兒知識廣博，哀求他努力勘破『路引』的玄機。就在因緣際會之下，莫安雅兒第一次見到有無上價值的《聚魂之地》。

蒙古屬遊牧民族，對文化藝術一竅不通，出卑皇后說人人都稱它為一幅畫，莫安雅兒則不同意，他知道畫應該是怎樣的，這樣一件東西跟他心中的『畫』大相逕庭，亦不如早前猜想它可能是地圖。它沒有內容，顏色胡亂拼湊看不出所以然。再說它質地奇怪，肯定不是木材，不是石頭，也不是泥土或布。莫安雅兒反覆思量，百思不解。

連莫安雅兒都不懂，出卑皇后憂心如焚。原來她和阿里不哥合謀，打算胡亂指一處地方說是皇陵，將蒙哥暫時安放。當然，事情不會就此解決，她和阿里不哥都必須繼續爭奪皇陵祕密的掌控權，除了因為墓中有大量財寶，也因為該處牽繫另一個更大、更重要的祕密。

中土的忽必烈知道阿里不哥在大漠以北調兵遣將圖謀大汗之位，迅速北返爭雄，阿里不哥只好爭取出卑皇后的支持。出卑皇后決定先與阿里不哥結盟剷除忽必烈，所以她表態支持阿里不哥登上帝座。

阿里不哥跟忽必烈鬥得難分難解，前者最大的籌碼就是懂得《聚魂之地》的使用方法，忽必烈無法帶領宗室祭祀祖先，他死後也無法與祖先同穴而葬，他的地位絕不可能得到承認，為此，他對手握『路引』的嫂嫂迫得越來越緊。

有一天晚上，出卑皇后把《聚魂之地》交給我們的先祖，表明忽必烈一定不會放過自己，但無論阿里不哥或忽必烈，都不應該得到皇位。她叫莫安雅兒帶走《聚魂之地》，切莫讓任何人奪取路引。

接過《聚魂之地》，先祖在出卑皇后的安排下逃走，自此兩人再沒見面。出卑皇后最終被阿里不哥逼害，僅僅比其夫蒙哥大汗多活兩個月。

莫安雅兒雖然是當世傑出的科學家，也不可能憑空想像《聚魂之地》的使用方法，他隱居十年後重新在蒙古統治階層之間活動，可惜終其一生都徒勞無功，《聚魂之地》依然成謎。忽必烈的大汗地位在皇族之間始終沒得到廣泛肯定，所以他和他的繼承人只能瑟縮大漠以南的地方做皇帝。

先祖把這段往事傳誦下來，並且和《聚魂之地》一起世代相傳。他唯一能告訴子孫的，就是如果找到《聚魂之地》的出處，應該就可以知道使用它的方法。憑他十數年來搜集的資料推敲，這幅似畫非畫的物件出於大宋國土，原是宋朝皇室之物，宋人戰敗以之送予金人，其後輾轉落到蒙古人手上。

當父親把家傳之寶交給我的時候，我不以為然，這東西甚麼都不似，連裝飾的價值都欠奉。不過我相信我的先祖，相信祖父和父親每一句遺訓，我不惜遠赴大明學習漢文，又孜孜不倦研究當地歷史。冥冥中的安排使我泥足深陷，我認識了一個來自蒙古的商人，他談到自己家鄉的故事，原來他的族群裡有一個古老傳說：成吉思汗的墳墓由祭師下了咒語保護，除了他的子孫，沒有人可以找到墓地的正確位置，而祭師把解咒的祕密藏於一幅畫內，唯獨指定的繼承者可以知道如何解咒和尋找墓地位置。

蒙古朋友之言跟先祖莫安雅兒流傳下來的事蹟十分吻合，我要求蒙古朋友給我線索去考證傳說。從此，我的生命起了翻天覆地的變化。起初我只是好奇，但偶爾得來的有用資料，讓我越來越相信終有一天可把《聚魂之地》的神祕臉紗揭開。我不能自拔，一生的光陰都虛耗於追尋一個縹緲虛無的寶藏。

匆匆的一生差不多走到盡頭，我不打算絮絮不休縷述我如何走遍阿拉伯世界，甚至長途跋涉到達大明去搜刮資料。我在大明居住二十餘年，努力學習漢文字，綜合所知得出結論：《聚魂之地》的出產地是中國涉縣太行山山麓一個山洞。我曾經在大明讀過《涉縣志》，證實宋徽宗政和二年，由於賦稅繁重，人民大部分時間交稅不足。那一年，涉縣民眾挖山洞的時候，挖出一幅畫。其時女媧神話在當地非常盛行，有史書記載，太行山別名女媧山，於是大家都說這幅畫是女媧的遺物。當寶貝上繳政府，希望省免該縣一部分稅項，《涉縣志》把這幅畫形容得很仔細，我相信它正是《聚魂之地》。

《聚魂之地》到了宋朝皇帝手上被丟在宮廷寶庫的一角。宋徽宗的《起居注》有十來字提到這件『貢品』，在《宋會要》和《元豐九域志》也有記錄涉縣人從女媧山山腹得來女媧之物上繳。

我無法確定《聚魂之地》的出土位置，蒙古朋友和先祖莫安雅兒都曾記述，傳說中，畫的出處藏有畫的祕密，太行山山腹應該有許多線索。

我已經言無不盡，可恨我所知有限，不足解破成吉思汗陵墓之謎。就讓《聚魂之地》和它的故事留給我的子孫做紀念，或許有一天，你們遇上知道皇陵祕密的人，《聚魂之地》便可以派上用場。

願真主保佑我的子孫！

你的先祖穆斯塔法」

* * *

終於，阿米娜將羊皮紙上的記載翻譯完畢，她必然對祖先的遺言耳熟能詳，因為她背讀流暢，語氣和聲調鏗鏘有力，能讓約爾·康德投入其中，至少他覺得耳猶未盡，很想進一步瞭解成吉思汗陵。

放下羊皮紙，阿米娜滿有期待並鑑貌辨色，評估康德醫生聽了故事之後有沒有提升對畫的興趣。她任由大家靜默一陣子，給約爾足夠的時間思考。

約爾覺得阿米娜說的似乎很有趣，不過，尋寶遊戲適合自己嗎？

也許等待了五分鐘又或是十分鐘，約爾給阿米娜回覆：「或許你的畫真如羊皮紙記載般有驚世價值，然而你要明白，我是醫生，成吉思汗陵墓對我來說意義不大。」

阿米娜再一次失望，緊抿嘴巴，做最後掙扎，毅然說：「康德醫生，你能給我多少就多少，我不會將《聚魂之地》帶去法國，甚至羊皮紙也不想留下。」

約爾耐人尋味地搖頭，阿米娜心頭一緊，以為連僅有的買賣機會也失去。

詎料，約爾卻說：「這樣對你不公平，它是穆薩利家族流傳了幾百年的財產，我不能趁人之危占便宜。這樣吧，將你的畫交給我，我嘗試在市場上打聽一下行情。如果你信任我，我可以轉介你的畫給拍賣行估價，讓他們尋找買家，價錢一定比我能付出的好上百倍。」

阿米娜甚麼也不懂，心裡沒有主意，總之她最怕節外生枝，自己將一無所有。

約爾明白她的顧慮，慷慨地為她解憂：「我先給你一萬元，你將畫交給我，我盡力為你尋找買家，盡量為你爭取最好的價錢。就算最後沒有人要，你至少有一萬元，你認為如何？」

阿米娜怯生生地點頭，她不肯定當約爾知道《聚魂之地》確然極有價值之後會不會將利益據為己有。可是康德醫生是她在逃難路上遇到最善良的人，不相信他還能相信誰？

「謝謝你康德醫生，我接受你的建議。」阿米娜將畫和羊皮紙重新包好，然後輕輕放在桌上。

約爾說：「你不必急著將它塞給我，我現在沒有足夠現金，明天吧，到時我們一手交錢一手交貨。」

阿米娜苦澀地揚起嘴角，幽幽地說：「你可以明天給我錢，貨品我不打算帶走，你拿去吧，我信任你。」

第三章　神祕死亡事件

麥巴倫在「風鈴草」等了一小時，他開始不耐煩頻頻看手錶。他跟約爾沒見面一段時間，好友轉換新工作之後比較忙，也許這是對方遲到的原因吧？要不是他即將出發到塞舌爾群島考察，他不介意改天再約。

正當麥巴倫想撥電話催促好友的時候，約爾匆匆忙忙推開餐廳大門走進來。

「對不起，很對不起，我遲到了。」約爾連忙道歉，額角微微滲汗。

麥巴倫倒一杯水給他，打趣：「據聞康德比鬧鐘更準時，你比不上他。」

約爾用德國人少有的幽默感回敬麥巴倫：「我當然比不上他，要不然你崇拜的人就是我。」說罷即打開菜牌點餐，「來吧，愛吃甚麼都可以，為了補償你失去的一小時，今晚由我請客。」

麥巴倫開懷大笑，一把大鬍子騷動著，非常有喜劇感，他伸出手掌跟好友一擊表示老實不客氣。點餐後，麥巴倫問：「難民營的工作比醫院更繁忙嗎？在記憶中，你從不遲到超過五分鐘。」

「不是因為工作，而是今天有奇遇，很神奇的。」約爾在路上已經很心急跟好友分享，此時迫不及待：「你記得我們在坐井觀天的日子裡，經常訴說人生很沉悶，生命就是念書、工作、結婚、生子僅此而已。觀星會裡人人都盼望人生可以有點不平凡，至少不那麼平凡，至少能跳出井口看看不一樣的世界。但怎樣才算不平凡呢？大家都沒有主意。好了，今天終於給我遇上一個很不平凡的課題。」

「嗯，」麥巴倫的興致提高了一些，「很高興聽到你這麼說，快告訴我怎麼一回事。」他猜度約爾所謂的不平凡是甚麼，情不自禁俯身向前，自作聰明地說：「你在醫學上有重大發現？」

約爾搖頭並晃動食指表示他猜得不對。

「你戀愛了，」麥巴倫嘴邊漾起曖昧的笑容，「初次墮入愛河的人總覺得自己愛得轟轟烈烈、與別不同。」

約爾笑得身體亂顫，激動地反駁：「甚麼初次墮入愛河？我可是情場老手。」

這一下要讓麥巴倫認真想想，不一會叫嚷起來：「你遇見外星人！」

約爾再次搖頭：「跟外星人打交道是每一個觀星學會成員都做過的夢，可是我遇上的事跟外星人無關——」他拉長聲音，從表情到語氣都在故弄玄虛，嘴巴伸到麥巴倫耳畔悄聲地說：「我得到尋找成吉思汗陵墓的重要線索，我可以去發掘寶藏。」

麥巴倫嗤之以鼻，他當然知道成吉思汗的名號，古往今來的帝皇與霸主何其多，麥巴倫對這些因殺戮和戰爭揚名的人一點好感、一點興趣也沒有。

喝一口剛端上來的冰凍啤酒，麥巴倫懶懶地說：「你覺得尋寶比醫治病人更有意義嗎？那是為了好奇？刺激？還是金錢？我不認為這種事適合你。」忽然，他為好友擔心，提醒對方：「你肯定並非遇上騙子？給你所謂線索的人是男是女？」

「有男有女，他們是一對夫妻，一個難民家庭。」約爾也喝一口啤酒，邊吃邊轉述今天跟阿米娜之間的對話。

當主菜吃完，故事也說完了，麥巴倫聽得入迷。約爾叫他選擇甜品，他點了義大利起司餅，約爾要了蘋果派。

「剛才跟阿米娜談得久了所以遲到。」約爾聳聳肩，有些懊惱，「我答應阿米娜找專業人士估價，但事實上我不懂此道。再說，那幅名為《聚魂之地》的東西其實不似畫，從質地判斷，說是金屬製品更貼合一些，我不相信它有藝術文物價值。」

「拍一張照片給我，或許我可以幫得上忙。」麥巴倫被阿米娜的故事打動了，熱心起來，「我的舅舅正是售賣藝術文物的經紀，在行內極有名聲。至於畫的性質是甚麼不難知道，我帶它去歐洲航天局解剖，甚麼都一清二楚。」他的好奇心一向比約爾強烈。

「好主意！可是你要去塞舌爾群島考察不是嗎？」約爾很雀躍，「我跟阿米娜見面之後就直接趕來，所以她的畫就在我的車子上，待會兒你可以直接帶走它。」送一口蘋果派進嘴巴，他有點迷惘，問：「麥巴倫，你覺得我太傻了嗎？我該不該認真對待這件事？我並不在意枉花了一萬元，為免自尋煩惱，我大可將之放在儲物室然後拋諸腦後，然而阿米娜言之鑿鑿，我不忍辜負她的期望。」

「這不是重點，」麥巴倫不敢苟同，對好友的處事態度略有微言，「重點是你不能冷待自己的好奇心。」他三口併作兩口幹掉起司餅，用力抹抹嘴巴，向約爾曉以大義：「失去好奇心會降低智商，甚至可視為一種缺陷，因為這樣會使我們不再進步。我們期待人生可以有點不一樣，就必須留心出現在身邊那些不一樣的人、事、物。我慶幸自己加入了歐洲航天局，讓我的生命有無限可能。」

得到麥巴倫的鼓勵，約爾的心燃燒起來，心急讓好友見識《聚魂之地》：「結賬吧，到我的車來研究一下那幅畫。」

於是，麥巴倫看到那塊被稱為「畫」的東西，他無法形容自己有多麼吃驚。

說這是一塊「東西」，是因為麥巴倫不能判斷它是甚麼，若說是一幅畫無疑勉強了些，這東西最像畫的地方就是它鑲有畫框。畫框的質地很特別，似木又不是木，近似塑膠，但並不平滑，而且斑駁不均的赤褐色使人肯定它不是塑膠製品，也絕對不可能是金屬，最合理的判斷是發了霉的木材。麥巴倫以指甲輕輕一刮，希望憑感覺辨識質料的屬性，但隨著指甲在「木」面擦過，有少許粉末脫落，嚇了他一跳。木材和塑膠都不可能一擦就破，他用手指搓揉掉下來的碎屑，出乎意料地感到極似金屬粉末。但怎麼可能？金屬應是堅硬的，不會輕易剝落。

除了畫框的質料，這幅畫有更使麥巴倫驚訝之處。嚴格來說，畫沒有內容，雖然它填滿各種各樣的顏色，但肯定沒有正常人能看出端倪，若要更貼切形容情況，只能說有人在畫紙上打翻幾十種不同顏色的油彩。由於色彩表面凹凸不平，麥巴倫又覺得不是油彩，因為如果是水彩、油彩之類，不會每種顏料的觸感都不一樣。究竟它是甚麼？他實在說不上。更離奇的尚在後頭，正當他的手停在一處緋紅色的位置上來回摩擦時，一陣強烈的觸電使他忙不迭縮手，這張畫竟然可以產生強大的電流！

麥巴倫狠抽一口涼氣，以他的科學知識判斷，這東西由多種物質合成，卻絕不包括一般顏料。

「真有意思，我一定要帶走它。」麥巴倫的驚訝已化為好奇，他斷言，「我會趕在出發去塞舌爾群島之前給你一個答案，你會信任我嗎？」

「當然。」約爾覺得麥巴倫不該明知故問，「你甚麼時候啟程？」談到塞舌爾群島，他只知道是度假勝地，好奇那裡有甚麼值得麥巴倫考察，打他的趣：「你買了泳褲沒有？」

麥巴倫舉起拳頭，作勢要揍他，提高音浪叫喊：「地球大難臨頭，你只關心我買了泳褲沒有。」

約爾嬉皮笑臉：「對地球來說，打從人類出現就開始大難臨頭。現在又怎麼了？」

「對於地球磁場變化，你知道多少？」麥巴倫很認真。

約爾非常謙虛：「我所知無幾，應該只略多於一位中學生。」隨後才補充：「我知道地球磁場的衰減跟大氣中的污染物增加、臭氧層被破壞可能有關，除此之外，太陽的一切風吹草動，如耀斑、帶磁風暴、黑子活動都會對地球造成衝擊。而磁場的變化可以導致地震、風暴、洪澇、乾旱、低溫等災難。」

「不單如此，磁場變化還會導致生物的導航系統紊亂，自然生態大受衝擊。」麥巴倫要為好友上一課，擺出教授的姿態訓示，「自地球誕生以來，磁場的強度不斷變化，有時候強些，有時候弱些。近三百多年，磁場的強度減弱了大約百分之十。根據長時間觀察，減弱的趨勢似乎正在加速。尤其南大西洋的磁場衰減十分明顯，短短二十年就減弱了百分之十，等於地球三百年來累積的減幅，可知情況嚴重。」

基本的科學知識約爾還是有的，他當然深知磁場對人類無可比擬地重要。它是地球生物賴以活命的、必不可少的元素。首先，它保護人類免受地球之外的太陽風和宇宙粒子束輻射侵襲；其次是包括人類、鳥類甚至昆蟲在內的許多生物都依靠地球磁場來辨別方向。磁場的變化絕對可以使地球生態發生毀滅性的災難，如果地球失去磁場，一切將暴露在致命的宇宙射線下，應該沒有生物可以存活。

雖然人類依靠磁場生活，但除了科學家，誰會把磁場放在心上？人類一直跟大自然搏鬥，為天然資源而困惱，我們擔憂的事成千累萬：地震、海嘯、颱風、暴雨、旱災……。總之再說上一百種天然災禍，也不會聯想到地球磁場，這問題太冷門也太新鮮。

約爾亦不太關心這課題，他覺得疾病更加逼在眉睫，至少到目前為止，人類還沒因為地磁變化而感到痛苦，卻沒停地跟不同疾病搏鬥。他有話直說：「我希望在地球滅亡之前先將疾病消滅。」

「老友，你是知識分子，請說點像樣的話。」麥巴倫不滿對方的態度。他懊惱地摸摸頭，乏力地說：「有些事你本來不應知道，但實在忍不住要說。大約兩年前的一個黃昏，我在航天局值班，大家如常搜集從人造衛星傳來的數據。當我們讀到其中一條訊息，都嚇得張皇失措，因為訊息說明印度洋一帶曾經有半小時完全失去磁場，範圍差不多包含整個印度洋。雖然我們早知道有些地方，尤其是南北兩極的磁性已經很弱，但磁性很弱跟完全失去磁性是兩回事，而且喪失磁場的範圍與早前所知的擴大很多，大得異常可怕。其後我們還發現每一次磁場消失的區域，上空的氧氣臭層在同一時間出現差不多面積的破洞，我們甚至幻想是否有力量從外太空進攻地球，先擊破臭氧層，再干擾地球磁場。如果不是外星人要侵襲地球，就是宇宙間存在我們無法探測的災變發生了，無論面對哪一種情況我們都束手無策！航天局要員接連開了兩天兩夜會議討論，無法得到任何結論，既未能解釋這種現象，更無法想到應付方法。如果情況持續出現，範圍又持續擴大，地球會怎樣？我們會怎樣？真的不知道。」

「兩年過去了，為甚麼現在才乾著急？」約爾調侃麥巴倫，他對地磁的知識當然不只中學生水平，這時必須賣弄一下，「據科學家說，這是出現磁極大翻轉的訊號，地球產生磁場的地心熔鐵在兩極形成兩個巨大旋渦，這兩個漩渦增生和擴散後產生的新磁場將逐漸削弱和抵消原來的主磁場，明顯就是地球極性翻轉的第一步，這是人造衛星搜集了二十多年的測量數據。不過，科學家補充，依照目前的變化速度推算，磁場在一千年內可能會完全消失。一千年，太長遠了，有多少切身問題等著解決？何況六千年前磁場曾經減弱到現今的水平，後來又逐漸恢復；三千年前又出現過一次磁場衰減過程，人類至今仍平平安安，未至於說得上大難臨頭。」

麥巴倫輕哼一聲又乾瞪一下眼睛，駁斥：「你說的已成舊資料，如今事情有了極不尋常、讓人覺得大限將至的新變化。最近，我們收到通報，位於印度洋中西部的塞舌爾群島，其中一個煙稀少的島嶼被發現有人類以及大量生物死亡，包括一百多條抹香鯨，全部證實被宇宙高能粒子直接擊中。」他變了語調，以極之沉鬱的聲音道出像驚慄電影一樣詭異的情節：「最近一次磁場消失又再發生於塞舌爾群島，這一次教所有知情人士不寒而慄，因為除了近岸有大量魚群死亡，塞舌爾最外圍的島嶼上，許多生物及島上七十一位土著全部喪生。根據受害人和受害生物的死狀分析，他們明顯死於輻射。法醫找來廣島和長崎核爆之後拍攝的照片做對比，兩批死者死狀極為相似，土著和島上其他生物毫無疑問死於高輻射之下。當然，我們清楚知道，那兒沒有核爆也沒有核試。最不可思議的尚有其他，我們完全探測不到該處有異常輻射，也未能在死魚和屍體內探測到甚麼。救援人員在兩天內抵達災難現場，核輻射不可能、絕不可能在短短兩天消散得無影無蹤。」

約爾終於覺得事態嚴重：「宇宙高能粒子究竟從何而來？」

麥巴倫極度迷惘，有氣無力地回答：「航天局搜集該島上空的懸浮粒子時發現了它。在現存的資料中，除了核輻射，沒有別的東西具有如此驚人的殺傷力，可是它比核輻射奇特得多，因為它可以散退得非常迅速，甚至使我們無法從屍體探測到它。更離奇、更可怕是該島依然草木茂盛、水清沙幼、風景使人心曠神怡，高能粒子似乎只會針對生物，真難以想像。」麥巴倫呢喃：「輻射必然會擴散，七十一個土著的屍體分散在島上各處，能把七十一人變成烤肉，理應也使該範圍受盡破壞。」

約爾同樣覺得匪夷所思，不過他更關心朋友的安全：「你這次考察的風險似乎相當高。」「不必擔心，早幾天美國太空總署已有隊伍率先到達，他們今日還安然無恙。」已經很晚了，麥巴倫趕著離開，「我還沒收拾行裝。至於你的畫，請放心，有了分析結果之後我會退還給你，保證穩妥。」

這一晚道別之後，兩人在麥巴倫出發前夕再次聯絡，他氣急敗壞找約爾，連聲道歉：「約爾，我以為可以很快得到《聚魂之地》的分析結果，並在我出發前交回給你，可惜始料不及，航天局說那東西極之神奇，需要多一點時間鑽研。」

約爾不單沒怪責他，還喜出望外：「這正是我所期待的呢。你跟做文物買賣的舅舅聯絡了嗎？他怎麼說？」

「我給他看了照片，他答應在市場上留意一下。我們保持聯繫，任是航天局還是舅舅那邊有新消息，我立即通知你。」

第四章　蒙古少女

薛靈璋吩咐接待員送兩杯咖啡到二號會客室之後，並非立即跟約爾・康德會面。

貝洛奇的不速之客其實甚多，渾水摸魚的人說多少有多少：有些人根本是瘋子，無法分辨幻想與現實，拿著磚頭煞有介事說它是和氏璧；有些則自以為是，說有價值連城的寶物要拍賣，原來是擺在地攤或特賣場的劣質缸瓦；當然，不折不扣的騙子更多，他們以為把外表打扮得氣度不凡，說話時財大氣粗，便無人不認為他們是富豪巨賈，天底下的人都比不上他聰明，覺得撈一點油水手到拿來。以薛靈璋所見，抱著寶貝找貝洛奇的人，百分之八十可以歸納為上述三類。這三類人士之中，她最喜歡遇上騙子，因為她希望增廣見聞——不多點瞭解騙子的伎倆，又如何看穿他們的伎倆？她從不害怕被騙，她對自己的聰明才智充滿信心，要騙倒她薛靈璋的人絕無僅有。

整理一下頭髮，加一點口紅，薛靈璋施施然來到二號會客室，推開門，一個年輕俊朗、溫文儒雅，看來有教養有學識的男人禮貌地站起來迎接她。他給她的第一個印象相當好，尤其對方有一頭亮澤的栗色頭髮，這正是她最喜歡的髮色。

「你好，康德先生，很高興今天跟你見面。」薛靈璋以純正的德語做開場白，並跟約爾握手，職員適時送來兩杯香濃馥郁的咖啡。這時候她瞄一眼放在桌上的東西，期望今天發生的事會很有意思，精神抖擻起來。她以咖啡打開話題，問：「這是莫卡，可以麼？還是更喜歡卡布奇諾？」

約爾很高興薛靈璋會說德語，笑得加倍開懷，讚賞：「你的德語流利動聽，我也自愧不如。莫卡很好，因為我愛極巧克力。」他先喝為敬，舉杯啖了一口，豎起大拇指稱讚：「白夫理先生對我說貝洛奇的咖啡非一般地好，品質猶勝許多頂級酒店的咖啡廳。他說得沒錯，這麼好的咖啡，我一輩子都會記得。」又適時表示抱歉：「對不起，我不約而來，我曾經致電給你，接電話是另一位女士，她說會給你留言。」

「該是我說對不起，這幾天為一宗大生意一直忙，你知道的，就是那件成吉思汗的黑貂裘。我未能及時給你回覆，是我不對。」薛靈璋的樣子看來誠意滿滿，心裡卻想一天到晚多少不明來歷的人致電留言，她根本不會理會。

「知道你是大忙人，很幸運今天能跟你見面。」

約爾語氣誠懇，聲音悅耳而且很沉實，成功讓薛靈璋多了幾分信任，她隨即接上正題：「你客氣了。白夫理先生交遊廣闊、見多識廣，連謎一樣的成吉思汗陵都說有線索可尋，真教我既驚且喜。」她毫不掩飾對桌上的東西極感興趣，溫柔地問：「白夫理先生說過這幅畫是閣下從一個敘利亞難民手上得來的，真是這樣嗎？可以讓我大開眼界麼？」

「當然可以，我從德國來到香港就是要給薛小姐評鑑它。」約爾拆開《聚魂之地》的包裝，緩緩取出一幅跟《蒙娜麗莎》差不多大小的「畫」。

「其實貝洛奇有網上估價服務，只須上載物件的照片就可以，無須遠道而來。」直至這一刻，薛靈璋充滿期待，雖然她對一個敘利亞難民竟然可以跟成吉思汗拉上關係信少疑多，但約爾．康德是醫生，這張畫能使一位高級知識分子認真對待總是有原因的。

約爾聳聳肩表示無奈：「你說的我已經做了，我在不同的拍賣行網站遞交了多次估價申請，一直沒得到回覆。」語氣在無奈之中夾雜少許不滿。

畫的包裝被褪下，薛靈璋看到畫的真貌，悶氣急速冒升，怪不得約爾．康德在網上的估價申請沒得到回應，此時此刻她雖然未至於氣上心頭，卻十分失望。不過，驚訝很快掩蓋失望之情，她從約爾．康德手上接過這東西，發覺它出乎意料地沉重，以它的大小看來，任誰都以為可以輕而易舉將之提起，但事實卻不然。薛靈璋雙手齊用並且頗費氣力才能捧著它端詳，最後甚至力有不繼，只好放回桌上。

略微整理思緒，薛靈璋提醒自己保持禮貌，問道：「這件東西很特別，它究竟是不是畫？我完全看不懂它的構圖、題材，甚至不確定斑駁的色彩是否顏料。還有，畫框的質料奇特無比。別以為我只是個從事行政工作的拍賣行職員，我對畫，尤其是西洋畫有相當深入的研究。」

「我也不知道它是不是畫，我對畫沒有研究。物主一直以畫稱呼它，所以我相信它是一幅畫，也許它只是一件外形近似畫的古物。物主為了這東西而喪命，就算它算不上珍寶，也該有不菲的價值，我希望能得到一個專業評估。」約爾被薛靈璋的美貌分散了注意力，竟然沒察覺對方臉色已變。

約爾提醒了薛靈璋，她主觀地以畫的標準審視這東西，但事實上蒙古與成吉思汗屬於遊牧與征戰，藝術跟這樣的民族和這樣的梟雄格格不入。

「我需要更多資料，例如它的歷史背景或出土過程，你可以毫無保留地告訴我嗎？」薛靈璋悠然地呷一口咖啡。

於是，約爾有條不紊地將他認識穆薩利和阿米娜的經過說一遍，他說得很仔細，沒遺漏任何細節。薛靈璋聽罷，第一個問題是：「記載故事的羊皮紙在你手上嗎？」

「有。」約爾小心翼翼從封套抽出十來塊破舊的羊皮紙，他當然知道羊皮紙是一項重要佐證。

薛靈璋不敢怠慢，先是帶上手套，再輔以工具將之審視，後來還找來放大鏡細心研究，心中苦笑，也許這些羊皮紙才值一點錢。

她凝神思考該怎樣回應訪客。其實根本不必估算約爾・康德、穆薩利或阿米娜的可信程度，就算他們全部誠實可靠，也跟此物的價值毫無關係。所謂家傳之寶，甚有可能只是延續了幾世幾代的傳說。再退一步想，就算真有其事，這東西實確與成吉思汗陵墓有關，又可以找誰去驗證它的功能？

不管怎樣，她不可以甚麼也不做就打發對方離開，彼得．白夫理是參加晚宴的十位貴賓之一，她必須慇懃招待他的朋友；而且世上確有很多被埋藏的奇珍異寶，尋寶極之有趣，作為拍賣行職員，她樂意奉陪。

「康德先生，感謝你帶給我一個耐人尋味的故事，我為眼前這件可能在不久將來驚世駭俗的文物而眩目。這樣吧，讓我替它做三維掃瞄，將它跟我們的資料庫互相配對，且看市場上是否早已有人搜羅。」薛靈璋見約爾滿眼問號，解釋多一點：「拍賣市場上有許多有識之士，他們知道某些文物或某位著名畫家的畫作失傳了，於是口述或仿製給我們做記錄，委託我們主動在市場上尋找。凡此類委託，貝洛奇會將他們提供的資料存檔，一旦發現寶貝的蹤跡，我們會立即通知委託人。例如，不久之前有買家委託貝洛奇搜尋一張莫奈少年時代為初戀情人畫的畫像，他找畫師做了一張仿製品給我們，數年之後我們公司發現真品的蹤跡，客人就此得到心頭所好。」她摩挲《聚魂之地》，展露滿有說服力的猜測：「也許它早有識貨者虎視眈眈。」

約爾高高興興地感謝眼前的可人兒：「很好！我真心想幫助阿米娜，她剛到法國，生活不容易，希望結果能使她喜出望外。」

在薛靈璋引領之下，約爾帶著《聚魂之地》走進一個設備先進的房間，兩名職員協助她操作儀器，完成了三維掃描與證記程序之後，她送上名片，說：「配對需要時間，無論結果如何，都會在一星期之內告訴你答案，這是貝洛奇的服務承諾，其間如有任何問題，歡迎你隨時與我聯絡。」

＊　＊　＊

約爾帶著畫從貝洛奇返回酒店。驅使他放下工作，遠渡重洋來香港的不是阿米娜，而是歐洲航天局。

有時候，一個不經意的決定往往扭轉全局。如果當天他不是相約麥巴倫吃晚飯，他不會將畫交予歐洲航天局，也就沒有日後波譎雲詭的經歷。

麥巴倫在那天飯聚之後帶走《聚魂之地》到歐洲航天局做剖析，本來答應去塞舌爾群島之前親自送還約爾，卻遇上意料不到的變化。

這是麥巴倫抵達塞舌爾群島的第二天，他氣急敗壞通知好友：「航天局出了分析報告，你那幅所謂的畫，其『顏料』由四十七種不同元素按特定比例製成，包括十三種極端稀有金屬、六種稀土和十一種放射性元素。航天局極為關注，向我查問物品的來歷，我告訴他們這是十三世紀蒙古人留下的。我的同事斷言說不可能，因為當中有四種近代人工合成的超鈾元素，根本不存在於大自然！我嚇壞了，你應該知道，人工合成的超鈾元素在核反應爐或者粒子加速器中製成，現在卻在一個難民手上出現。老友，說真的，我不知所措。」

約爾同樣不知所措，他當時只有一個想法：歐洲航天局出錯了。

「不會吧？我不相信。」約爾因吃驚而不懂應對，心裡也有憂慮：「航天局想扣留它嗎？我甚麼時候可以將它領回來？」

麥巴倫沒作聲，約爾得不到回覆不禁連珠發炮：「航天局竟然想扣留它，不行，我怎麼向阿米娜交代？麥巴倫，事情因你而起，你不能袖手旁觀。你去了塞舌爾，我可以找誰跟進事件？」

麥巴倫滿心歉意，只能盡量安撫：「好了好了，你冷靜一些！航天局無權扣留別人的私產，雖然畫中的超鈾元素震撼人心，可幸分量太少，不足以用作軍事用途，他們沒有不發還的理據。我保證給你跟進，哪管去了塞舌爾，我都會向你彙報情況。」

約爾忐忑不安地等候了一星期。在此期間，剛抵達法國的阿米娜聯絡過他，除了報平安之外，不經意地談到《聚魂之地》。雖然阿米娜曾經表示將它賣斷，但約爾承諾替她在市場問價，也等於說不會將之據為己有，他當然不會出爾反爾。

好不容易，他終於等到麥巴倫再次來電：「好消息，航天局答應先將畫發還給你，不過聲明會複製一件做研究用途。」

約爾憂心起來，啞著聲音說：「複製？天啊！我如何得知退還給我的是贗品還是真品？」

「這一點你大可放心。」麥巴倫說得輕鬆，「航天局暫時只記錄了畫的數據留待日後仿製，直至今天，世上還沒出現另一張《聚魂之地》，交回給你的必是原裝正版。」他突然換了語氣，變得相當認真：「當然，為免麻煩，能將畫盡早放賣最好，我已經催促舅舅找門路將畫出售，有消息就通知你。」

麥巴倫為取回《聚魂之地》特意從塞舌爾匆匆趕返德國。它重回約爾懷抱之後又過了一個月，這一個月裡，約爾不斷上載資料給大大小小的拍賣行估價卻石沉大海。其後麥巴倫傳來一張貝洛奇拍賣行的名片，他舅舅白夫理說名片上的薛小姐乃專業畫評家，應該懂得畫的價值，叫約爾直接跟她聯繫。

恰巧就在此際，黑貂裘拍賣會的新聞在全球火紅傳播，成吉思汗的大名成為熱話，約爾要了一個月假期，決定跑到香港碰運氣。

* * *

黑貂裘的交接儀式簡單而隆重，薛靈璋在交接場地再次見到羅富齊先生，原來買家是他的表姐夫。

薛靈璋讚嘆：「天下奇珍盡為羅富齊家族所有。」

羅富齊風度翩翩地更正：「我的表姐夫並非姓羅富齊。」

薛靈璋當然知道，她俏皮地單單眼睛表示抱歉，模樣可愛迷人，讓羅富齊看得心花怒放，起勁地道：「表姐夫崇拜英雄，對成吉思汗的事蹟充滿好奇，我昨天將你告訴我，關於成吉思汗陵的神祕故事轉告了表姐夫，他半玩笑、半認真地說，如果真有尋找鐵木真陵墓的線索，他願意在財力上支持開發研究。」

薛靈璋立時想起約爾・康德和他的畫，也半玩笑、半認真地回話：「太好了，我一定會為他留意成吉思汗的陵墓。地球需要像他那樣充滿好奇心的人，讓人類的生活多點色彩。」

羅富齊不讓表姐夫專美，傲然說：「我也充滿好奇心，如果有寶可尋，你記得預我的份兒。」

一宗轟動全球的交易順利完成，貝洛奇所有職員都鬆一口氣，眾人帶著輕鬆的心情返回辦公室，大家七嘴八舌討論晚上去哪間館子吃一頓豐富晚餐。這時候薛靈璋才發現自己錯過了三個來電，全來自北京辦事處的施詩。

施詩留言：「薛小姐，我是北京同事施詩，關於你搜尋的那件物品有重要資料可以提供，請回覆我吧。」

薛靈璋好不奇怪，腦筋一時還沒轉過來，她並沒有找過北京的同事。當然，她還是即時給對方電話，鈴聲還沒響上第二下，施詩就接聽了。薛靈璋問：「施詩，我是薛靈璋，你找我有甚麼事呢？」

施詩聽到薛靈璋的聲音，即時興奮起來，情不自禁地提高聲浪說話：「薛小姐，你今早掃瞄存檔的那件物品，同事從資料庫找到相關的項目，由於委託人是我接待的，所以由我回覆你。」

今早？想起來了，就是約爾・康德那幅名曰《聚魂之地》的怪畫。薛靈璋乍驚乍喜，那件古靈精怪的東西竟然輕而易舉成功配對，太不可思議。她比施詩興奮十倍，追問：「你肯定配對結果正確？竟然早已有人在市場上尋找？」

「電腦分析顯示兩者的相似度為百分之八十七。要知道買家在市場尋寶，通常沒見過目標的真相，大部分都是口述給工匠模擬，跟真品有一定的差異。百分之八十七的相似幾可肯定兩者屬同一物。」

薛靈璋連連深呼吸，緊張極了，問：「對方是中國人？我想知道相關的各項細節。」

施詩已經做好準備，她經電郵發給薛靈璋一條短片：「我剛給你電郵，內附我跟委託人會面的錄像，待你看過後我們再做討論。不過短片是我們正式約見時的錄影，而在此之前有一段小插曲關於委託人，我覺得不算重要，所以沒將錄影紀錄找出來，當然，如果你要看也可以。」

「甚麼小插曲？說來聽聽。」

「委託人來自蒙古，名字叫戴小康，年紀約二十歲上下，在半年前突然到我們這裡，要求貝洛奇替她在文物市場上搜羅一幅畫……。」

半年前的一個早上，施詩在北京東城區的辦事處第一次跟戴小康見面。施詩對戴小康印象很深，因為不久之前，這女子穿了件鮮紅色旗袍出席貝洛奇一個公開講座，由於她有超過一米八零的高瘦身材，樣子年輕又充滿活力，使全場為之觸目。當時施詩在場，還跟同事們竊竊私語，品評這女子雖然外形出眾，可惜土氣十足。

那次講座之後不久，戴小康沒預約就直衝上貝洛奇。由於貝洛奇的北京辦事處只會以預約方式對外開放，接待處的職員要求她另行再約。戴小康很生氣，一直擾攘，最後驚動施詩出來打圓場。

施詩看到這草包女孩，心裡不屑，但表面依然謙恭，解釋：「戴小姐，我們公司很認真對待每一位客人的委託，從不敷衍了事，所以必須預約，確保有充足時間瞭解客戶需要。」施詩送她一張名片，又即時預約兩星期後再見，然後堆滿笑意送她走：「戴小姐，讓我送你。」說時不忘友善地輕搭她的肩。

怒氣滿腔的戴小康沒配合施詩的送客行動，呆站著看名片，知道她是主管，又低聲下氣，怒意稍退，卻仍不服氣，嘟著嘴巴。她原先以為今天會很有趣，想不到三言兩語就被打發。她並不笨，知道一定是自己不夠自信，讓對方看扁了，於是吸一口氣，決定給施詩看點顏色。

「不必送，我自己會走。我知道貝洛奇於下星期在香港舉行拍賣會，是不是呢？」

「對，貝洛奇在香港的春季和秋季都有拍賣會，本季訂於下星期五早上十時開始。」施詩耐著性子回答。

「你知道今次拍賣的東西值多少錢嗎？」戴小康的土豪氣勢洶湧澎湃。

「今次秋季拍賣的收藏品逾四十件，總值多少我當然不能確定，只知道最貴的一件應是清乾隆的『外粉青釉浮雕芭蕉葉鏤空纏枝花卉紋內青花六方套瓶』，預計成交價在五百萬美元以上，也有可能遠超此數。」施詩本來裝著和藹可親，卻在此時不自覺地囂張起來，因為她由始至終都認為戴小康來胡混，問長問短的好煩人，希望她聽到價目後知難而退。

戴小康聽到「五百萬美元」確然嚇了一跳，但很快平復過來，裝出滿不在乎：「如果我有一千萬美元，應該可以買好幾件貨是不是？」

「戴小姐，你連貨品是甚麼也不知道，不必先想花錢，一千萬美元雖然不是大數目，也無謂將之浪費。這樣吧，待會兒我將拍賣場地和拍賣品資料發送給你，希望你到時可以購得心頭好。」

戴小康不喜歡施詩的虛偽，明明看不起她卻又佯裝慇懃好客，不過自己也鬧夠了，一昂頭，直腸直肚又斬釘截鐵地道：「我一定會去香港買東西，你到時就知道我不是胡混的。我財力雄厚，你不要看扁我。」

施詩閱歷匪淺，戴小康從打扮到說話都散發著小家子氣，她倒想看這樣的草包會做出甚麼驚天動地的大事，所以她非常留心觀看拍賣會的現場直播。

秋季拍賣會當日，開始拍賣前一小時，施詩已在螢幕前搜索戴小康的蹤影，而她直等到開賣前十分鐘才出現。

戴小康一進來便全場矚目，一來因為她長得高大纖瘦，二來她又穿上那件血紅色像紅封包一樣刺眼的旗袍，俗不可耐。不只衣著，戴小康還化了個土氣十足的妝容，將原本的輕靈飄逸糟蹋殆盡。

戴小康以為這種做大買賣的場合應該悉心打扮，然而當她看見與會者都瞪著自己上下打量，知道出了洋相，一閃身，匆匆找了個不起眼的角落坐下。

競投開始，一般來說，價值越高，拍賣的次序越後，今次拍賣的焦點就是施詩所說的「外粉青釉浮雕芭蕉葉鏤空纏枝花卉紋內青花六方套瓶」，在場人士一直期待壓軸好戲出場。

施詩沒放過任何一幕能看到戴小康出現的畫面，小女孩並沒有如自己所說的「要買好幾件貨」，她一直乖巧地坐著，使施詩以為她被動輒百萬美元成交的場面嚇住。

經歷三小時的拍賣過程，大家都有倦意，終於，壓軸好戲「外粉青釉浮雕芭蕉葉鏤空纏枝花卉紋內青花六方套瓶」登場，人人精神一振。施詩留意到戴小康也欠了欠身，似乎準備行事。

拍賣會的氣氛頓時升溫，雖然競投者出價十分謹慎，大家依然感到氣氛熾熱。戴小康直到十來次叫價後仍按兵不動，施詩非常失望，覺得自己被草包戲弄，白花了一天時間，越想越生氣。

當拍賣官第二次叫價「七百萬美元」之際，施詩簡直想給戴小康一巴掌。

當然，她不能這麼做，咬著牙看拍賣官準備手起錘落做第三次叫價「七百萬美元」之前就想關掉畫面，卻戲劇性地聽到戴小康佯裝鎮定地舉手大叫：「七百五十萬。」

所有人向戴小康望去，拍賣官再做三次叫價然後一錘定音，全場立即站立拍手向戴小康道賀。

蒙古女孩應該一生都沒被如此關注過，不知如何是好，似乎很興奮，也似乎很慌張。此刻的施詩只在想，這女子究竟有沒有能力完成交易。

再過一星期，預約時間到了，戴小康再度出現在貝洛奇北京辦事處。

施詩眉開眼笑，像見到久別重逢的故友，親切地拉著戴小康的手道賀：「恭喜你得到一件好東西，『青花六方套瓶』極具收藏價值，假以時日，倍翻絕對不成問題。不過記緊小心保養，貝洛奇在這方面甚具心得，若有空可以參加我們定期舉行的分享會。」

戴小康沒在意她說甚麼，只一心示威：「信了吧，我是有實力的買家，請加把勁為我辦事。」

施詩不覺得她有耀武揚威的資格，貝洛奇每年的成交金額以百億計，她對數百萬美元的交易無動於衷，反而對戴小康極感好奇：「如果我找到你要的東西，你可以付出比『青花六方套瓶』更高的價錢？」

戴小康沒想到她這樣直截了當，其實這不是施詩一貫的待客之道，不過她覺得這女子透著古怪，可以肯定戴小康僅是隻馬前卒，為不願露臉的人效犬馬之勞。這個不願露臉的人是誰？施詩很想知道。

因為這是她在貝洛奇以外另一項重要工作。

＊　＊　＊

為了施詩的來電，薛靈璋沒有跟同事去大吃大喝。在點開施詩電郵給她的錄像檔案時，她不自覺屏息靜氣，上天明顯給她安排了奇遇，事態發展有無限可能。據約爾・康德說，從敘利亞難民手上得來的「畫」是尋找成吉思汗陵的工具，而很湊巧，一個蒙古女子正在搜尋這樣的一幅「畫」！為甚麼偏偏是蒙古人？兩件事情經絡相連，自己似乎聯繫了故事的這一端與故事的那一端，難道她薛靈璋真可以揭破這千古之謎？她會從此變得偉大嗎？她會有一天成為世界熱話的主角嗎？甚至還能在百年之後，每當談論成吉思汗時，必然伴隨她薛靈璋的名字嗎？如果幻想成真，將會何等美妙！

戴小康的出現源源不絕地滋養她的幻想，薛靈璋忘形忘我，以致點擊打開錄像檔案的手指不受控制，試了幾次才成功點開影片。

片段一開始，戴小康推門走進貝洛奇北京辦事處。正如施詩所說，女孩子很高，應該在一八零公分以上，身材窈窕，雙腿修長又充滿朝氣。這天的她不再土俗，穿了一條平凡的連身裙，這樣反而突顯她姣好的氣質與身材，一張年輕和滿是陽光的臉教人賞心悅目。薛靈璋覺得她的氣質很配合麥昆的風格，要是穿上他的設計，戴小康絕對可以在米蘭的時裝展上盡領風騷。

戴小康左腋挾著以紙皮包裹的東西，右手推門進來，看得出她在緊張中裝出從容，樣子很可笑也很可愛，她對接待員說：「我是戴小康，約了施小姐見面。」

接待員隨即帶她向會客室走去，不一會，鏡頭轉到會客室。個性率直的戴小康甫坐下便直入正題，她拆開幾層紙皮，抽出一張似畫的物件，微微昂首，以氣燄來壯膽，說：「它是一件仿製品，我要在古物市場尋找這幅畫的真蹟。」

施詩觀察了一分鐘，眉頭越鎖越緊。

她不能否定那是一幅畫，因為它鑲有畫框；但她又不願確定那是一幅畫，因為它說不上有內容，看來不過是一些顏料打翻在畫紙上，顏色把畫紙填得滿滿但毫無意義而且亂七八糟，完全無法將之聯想到藝術作品。

施詩問：「請給我多一些資料，例如它出自哪位名家手筆？又或是其成畫年代，最好告訴我它的源流。」

戴小康看來沒有主意，答非所問：「雖然它看似一幅畫，但可能不是一幅畫，從藝術品方面著手或許會浪費時間。」

「那麼，它應該是甚麼？」

戴小康很認真地思索，但最終還是搖頭，有點無奈，說：「我真的不知道，總之，你若看見相像的物件就通知我。」她撥電話給施詩，提醒：「請記下我的電話號碼。」然後昂起頭，加一倍的氣燄說：「價錢不成問題，若能得到實物固然好，就算只是相關訊息，我也會給予重酬，當然也會付佣金，請認真給我辦事。」

施詩飽以白眼，笑問：「所謂重酬，大約是多少？」

「要看相關的訊息有多重要，十萬、一百萬、一千萬，甚至一億都有可能。」戴小康相當狂妄。

此際，施詩已判定信口雌黃的戴小康絕非甚麼達官貴人，也不怕開罪對方：「戴小姐，如果我可以跟買家直接洽談，辦事會更容易。你既不能提供物件的資料，也不知道可以出價多少，我很難幫你的忙。」面對真正的貴客，施詩不會無禮，就算是甚麼都不懂的暴發戶，她也從不怠慢，可惜戴小康兩者皆非。雖然一時間猜不透這女孩的葫蘆賣甚麼藥，但其稚嫩、傻頭傻腦又張狂輕浮的舉止毫無說服力，要不是她確然以七百五十萬美元競投了「外粉青釉浮雕芭蕉葉鏤空纏枝花卉紋內青花六方套瓶」，她會毫不猶疑叫她離開。

「買家？」戴小康不在意施詩的白眼，活潑地笑起來，可愛得使施詩覺得可惡，她輕托香腮，俏皮地說：「買家不會來也不能來，就算他們來了也不能提供更多資料，也一樣說不準價錢。」

「買家為甚麼不能來也不會來？」施詩咄咄逼人，為了摸清戴小康的底細，她試探對方：「他們不來，我可以親自拜訪。他們在北京嗎？還是國外？」

哪料戴小康奇奇怪怪地回答：「你去了也見不到他們，事實上我也從沒見過他們，他們認為這幅畫可以幫助他們尋找失去聯絡的朋友，我希望幫得上忙。」

多荒謬的答案！施詩怒意橫生。戴小康在拍賣會上穿得花枝招展，豪花數百萬美元，就是為自己從沒見過的人尋找朋友，這樣的胡言亂語也真有點侮辱別人。可是施詩找不到戴小康說謊的破綻，由始至終這女孩子都很率性，施詩也勘不破她裝神弄鬼的動機。

「戴小姐，你住在北京嗎？」施詩從另一個角度發問，「在哪一區？朝陽還是海淀？」

「我是蒙古人，老家在錫林郭勒盟的蘇尼特左旗，為了工作方便，我現在居於包頭。」

施詩當時不知道蘇尼特左旗是怎樣的地方，所以沒有做反應。無論如何，貝洛奇不會任由閒來無事或精神錯亂的人浪費時間，委託人須繳付自設購買上限的百分之五作為按金，於是，她問戴小康的出價意向。

戴小康被問住了，一時間答不上來，支吾以對：「我要想想，稍後再回覆你可以嗎？」

「可以。總之我們會在收取按金之後才開始工作。」

「那好吧，我一定盡快給你答覆。」

第五章　忽必烈的遺憾

錄影片段播放完畢，薛靈看得清清楚楚，戴小康手上的仿製品正正就是約爾・康德的畫！緊張限制了想像，她閉眼深呼吸教自己冷靜，接著急忙撥電話給施詩，跳過所有寒暄和序言，單刀直入：「後來怎樣？戴小康出價多少？」

施詩老謀深算地笑一聲，她早料到薛靈璋必定心癢難熬，也預料她會被答案震懾：「戴小康第二天就回覆我，她說她的出價沒有上限，我說怎麼會呀？天底下所有事物都有價，沒有開價也就沒有指標，我們很難辦事。最後她隨口就說：十億。我再追問十億是美元還是人民幣，她想了想，竟然輕輕鬆鬆地說，就算美元也不成問題。」

薛靈璋驚愕交錯。一個沒有名堂的女子，動用十億美元買一幅沒有名堂的畫，或說，買一件沒有名堂的東西，除了咋舌只能咋舌，因為這是天價！真正的天價！薛靈璋覺得抽十口涼氣也不能舒緩心內的震驚。

「她有交付按金？」

「當然，貝洛奇已收取五千萬美元。」施詩說，「薛小姐，我也是後來才瞭解蘇尼特左旗乃內蒙古最貧窮的三個縣之一。更吃驚的是，我跟戴小康在社交媒體成了朋友，看到她曾談及自己的名字，她說自己家裡窮，母親不求大富只求小康，所以她叫小康。這樣的人能交出五千萬美元按金，你有甚麼想法？」

薛靈璋盡可能解釋：「真正的買家不願露臉，找代理人很常見。」

施詩「哈哈」一聲，她嘲笑薛靈璋思想單純：「找代理人當然很常見，但找一個徹頭徹尾的草包擔任代理人則相當奇怪。出得起幾十億買貨的頂級富豪，竟然挑一個入世未深又見識淺薄的小女孩辦事，你覺得合理嗎？」說到這裡，施詩的語調有一些改變，不是無禮也不是傲慢，而是一種讓薛靈璋相當陌生而且甚具侵略性的盤問：「薛小姐，委託你放售那幅畫的人有怎樣的背景？世上真有似畫非畫的一件古物？它為何如此值錢？你知道甚麼？說出來吧，讓我們討論一下。」最末一句根本在下達命令。

另有所思的薛靈璋在施詩惹人反感的語氣中回過神來。雖然施詩是北京辦事處主管，更是戴小康的聯絡人，可恨她的問題和語氣都過了火，薛靈璋覺得自己沒責任解答她，連敷衍也不需要。

「我今晚有約會，暫時沒時間跟你說話，有需要的時候再聯絡你。」不等施詩回話，薛靈璋匆匆掛線。

*　　*　　*

凌晨已過，薛岳服了安眠藥仍難以入眠，為了孫女告訴他的奇人奇事而輾轉反側，最後選擇起來找書看，他翻出十幾本記述成吉思汗陵墓的史書。他一輩子浸淫在宋元歷史裡，完全感受到擺在眼前的題目震鑠古今，千百年來極少人提及成吉思汗陵，因為沒有多少人相信可以將祕密揭開。

晚飯時，講述了奇遇的孫女茫然問他：「據葉子奇的《草木子》記載，蒙古帝后下葬不用棺槨，也無殉葬品，是真的嗎？如果是個空墳，人們還會對它有興趣麼？」

薛岳不相信人類歷史上最遼闊版圖的帝主願意裸身上路，就算他肯，他的後人也不肯，要知道蒙古歷任大汗同穴而葬，墓穴中怎可能空空如也？

「《草木子》豈是唯一記述成吉汗陵墓的典籍？根據波斯史學家志費尼的《世界征服者史》，當時挑選了四十名出身於異密和那顏家族的女子，用珠玉、首飾、美袍打扮，穿上貴重衣服，與良馬一道，全部送去陪伴成吉思汗。不單有殉葬品，甚至有馬匹和活人。還有，參加大汗葬禮的二千餘人被八百士兵所殺，然後八百蒙古兵最終亦被殺人滅口。要不是陵墓惹人覬覦，又何須大費周章？」薛岳喃喃自語，「成吉思汗陵，亦即是所有蒙古大汗的陵墓，確是無比引人入勝，沒有別的陵墓比它更神祕。陪葬的寶物每一件都價值連城，飲血彎刀、二龍珍珠、奶囊……。」整頓晚飯就在思潮起伏中用完。

薛岳合上書本，慶幸於人生末段尚可適逢其會，心情說不出的激動，一輩子苦心鑽研的成果跟眼下的課題相比，完全不值一哂！

一股熱血湧上心頭，使薛岳感到很愉快，突然年輕幾十歲，回到年少，回到滿心被興奮和好奇充滿的年代。動力一發不可收拾，使行將就木的老人注滿衝勁，推著輪椅去叩孫女的房門，他肯定她跟自己一樣點燃了雄心。

果然，薛靈璋立即開門，眼見爺爺臉泛紅光，知道大家為同一事情而激蕩，她問爺爺：「成吉思汗陵墓固然引人入勝，但那個敘利亞難民憑甚麼掌握它的資料？我要是跟他認真算不算傻？」她咬著嘴唇，表情複雜，從表面觀察絕對看不到那燒得火紅的野心。

「靈璋，別說你年紀輕，就是我一個時日無多的糟老頭也即時蠢蠢欲動。如果我擁有解破歷史謎團的資料，我不會放過一飛衝天的好機會。你且看那個發現秦始皇陵的中國農民被世人大書特書，試想想若你成為第一個發現成吉思汗陵墓的人，必定會登上所有歷史學家、考古學家夢寐以求的地位，往後的歷史書，只要談到成吉思汗就會伴隨你的名字，多麼偉大！多麼了不起！

揭破成吉思汗陵之謎對一個歷史學家、考古學家的意義，就像一個醫生同時掌握了愛滋病的治療方法和破解人類癌症基因一樣，足以永垂不朽，千古頌揚。」薛岳捉緊孫女的手臂，心情慷慨激昂。

薛靈璋渾身火燙，始終不敢輕信名利已近在咫尺，她患得患失：「可是近百年來，已經有許多歷史學家、考古學家、探險家、科學家、研究人員做了許多探索，任大家配備了越來越進步的高科技產品做支援，依然無功而還，單憑一幅畫又可以怎樣？」

薛靈璋不樂觀，薛岳卻不然，他鼓勵孫女：「驚世駭俗的秦始皇陵沉睡在驪山山麓二千多年都沒人知道，某一天給一個去打井的農民無意中發現了，就這樣，那個甚麼也不懂的農民，其名字永遠跟秦始皇陵相提並論，難道你不比一個農民強？」

薛靈璋的信心增加了一點點，靈機一觸想到能自圓其說的故事梗概：「戴小康背後的買家會不會是一個歷史學家？也許他已得到一部分資料，甚至比穆薩利家族知道更多，所以在古文物市場上四出找尋《聚魂之地》。嗯，一個歷史學家應該不會那麼富有，他必然有好些合作夥伴，所以《聚魂之地》的買家不是個體而是一個集團，因此資金非常充裕，出手闊綽。」

薛岳對蒙元歷史滾瓜爛熟，嘗試以他的知識幫助孫女評估「路引」存在的可能性：「成吉思汗六十六歲那年，在進攻西夏的途中意外墮馬駕崩於六盤山南麓清水，即今天的甘肅省清水縣，時年一二二七。有蒙古歷史書記述過一件不為世人留意的軼事：鐵木真在西征途中經過某地方，在一棵樹下歇息默想，突然說死後要葬在那兒，他還表示『這是我們最後的歸宿』，『我們』當然是他及其子孫。元朝文獻對帝陵位置輕輕帶過，一律統稱他葬於起輦谷，可惜古往今來沒有人能確切指出起輦谷的位置。」

「史書如何描述起輦谷周遭的環境？」薛靈璋問。

「史書對於起輦谷的位置眾說紛紜：《元史》說它靠近不兒罕山與斡難河、客魯漣河和土拉河的河源；成書於成吉思汗死後十三年的《蒙古祕史》竟然迴避了成吉思汗的葬地不談，與此書同時完成的《黑韃韃事略》記載墓地於濾溝河之側；又有《蒙古黃金史綱》說他葬於不峏罕哈里敦，有人說就是阿爾泰山陰、肯特山之陽，一處名為大鄂托克的地方，這與《蒙古源流》的記述一致。由於《蒙古源流》的作者身分特殊，能夠利用當時的歷史文獻和一般人看不到的祕籍及家譜作為材料，所以此說很有力。其他還有國內歷史學家的考證：有些說在鄂爾多斯的伊金霍洛，有些認為在外蒙古的克魯倫河河曲之西、土拉河之東、肯特山之陽……。所有資料都太籠統，近哪一條河、哪一座山的說法範圍太廣，很多所謂的考證都不具參考價值。」薛岳將史料倒背如流，薛靈璋應接不暇。

薛靈璋不解：「既然所有蒙古皇帝都同穴而葬，忽必烈當然也一樣。不過根據穆薩利祖先的遺言，尋找皇陵的『路引』早在蒙哥死時已經被莫安雅兒帶走，忽必烈如果不知道墓地的正確位置，其後人怎能將之安葬？」

「有證據的事是真的，沒證據的可能是真也可能是假，現在誰也沒知道葬地所在，如何肯定所有蒙古大汗確然同穴而葬？子孫是否將他們的祖宗葬到成吉思汗陵根本無從查證。不論實況如何，繼位的大汗絕對不能說自己不知道祖先葬地的位置，保護祖先遺骸及陪葬物，是繼承者的重要責任。」

中國歷史引人入勝，薛靈璋聽得津津有味，問：「之後呢？成吉思汗死後的鬥爭由誰引發？」

「成吉思汗死後由三子窩闊台繼承其位，窩闊台之後是貴由和蒙哥。蒙哥死後，蒙古帝國發生了第一次汗位之爭，主角正是忽必烈。忽必烈在不同時期有不同對手，與他一同掀起戰幔者是其弟阿里不哥。擁護阿里不哥的人有蒙哥正室出卑皇后，就是穆薩利祖先莫安雅兒的情婦。」

「撇開穆薩利祖先的遺言不談，史書如何解釋出卑皇后支持阿里不哥的原因。」

「史書的說法莫衷一是，都只是史家的個人猜測。至於《聚魂之地》與皇權之間的祕密關係，從沒有古籍記載。阿里不哥在蒙古，尤其是漠北很有勢力，除出卑皇后之外，朮赤系、窩闊台系和察合台系的皇族都支持他。這個時期，蒙古政權出現雙頭馬車：漠北屬於阿里不哥，漠南則是忽必烈的勢力範圍，這裡確有一點可疑。」薛岳邊說邊凝神靜思，有一個從前沒想通的問題：「據說成吉思汗臨終前有云：『要留心少年忽必烈所說的話，他有一天要繼承我，你們對他要像對我生時一樣。』如果成吉思汗真說過這樣的話，忽必烈繼承者的地位再明顯不過，怎會出現大部分蒙古皇室都支持阿里不哥的局面？真的只因為『幼子守產』的族規？當然不會，且看窩闊台不是幼子還是登上汗位。」薛岳自問自答，「當中有三個可能：一是成吉思汗根本沒有說過這句說話，忽必烈不曾有過這種超然地位；二是阿里不哥提出更有力的證明支持自己才是繼承者；三是一眾皇族認為忽必烈不具備繼承汗位的條件。」

「對。」薛靈璋和應，接口說道，「如果將莫安雅兒的故事配合其內，箇中的起承轉合就變得完整。」

薛岳點頭同意：「忽必烈是何等樣的人物？以他的才能若加上成吉思汗生前欽點，別人根本沒有與他爭雄的機會。不過，作為繼承者無法知道祖宗葬地、不能保護祖宗遺體和不能讓後人與之同穴而葬，就會大大削弱繼承者的統攝力。」

「其實忽必烈可以捏造一個地點，他是皇帝，撒的謊誰都要相信。」薛靈璋覺得甚少掌權者是老實人，強權從來都壓過真理。

薛岳乾笑一聲，覺得孫女雖然聰明伶俐畢竟入世未深。

「無論皇帝或是乞丐，撒的謊沒人戳破當然沒問題，但如果有人知道真相，忽必烈就使不出詐。回看忽必烈一生，他從沒停止為皇權鬥爭，阿里不哥只是開始。阿里不哥被他打敗之前，漠北一大片屬於蒙古版圖的地方，根本沒歸附在中國稱帝的忽必烈，要不是察合台系突然背叛阿里不哥，他稱不了大汗。說來又有疑點，以蒙古人對付敵人的殘暴手法，忽必烈對投降的阿里不哥太仁慈，忽必烈不單沒殺他，還在眾人眼前做了一場兄弟情深的苦情戲，真不似蒙古人作風。」

「根據穆薩利的故事，阿里不哥極可能是世上唯一掌握『路引』使用方法的人，忽必烈當刻就算未有《聚魂之地》在手，也必須盡快套取祕密，用軟功當然最為明智。」薛靈璋說出薛岳想說的話。

薛岳告訴孫女：「史書這樣說：來請罪的阿里不哥進入忽必烈的御帳，忽必烈感動地注視他一會，看到他垂淚，忽必烈也忍不住垂淚。一代梟雄，殺人如麻，竟然婆婆媽媽對手下敗將垂淚，矯揉造作必然有詐。」

「阿里不哥在戰敗後活了多久？」

「只多活一個月，說是病死的，你相信嗎？」薛岳笑笑，「阿里不哥極有可能把『路引』的祕密告訴了忽必烈，他便沒有價值，於是被送上死路。真相誰會知道？」薛岳為歷史的懸疑嚮往神馳，「阿里不哥死後，忽必烈專心致志攻取南宋，其後成功在中國建立元朝，其政權始終沒被亞細亞地區的其他蒙古汗國視為領導，這是一件極不尋常的事。一個蒙古大汗只能偏安中國，說他是中國皇帝比說他是蒙古大汗更合適。忽必烈屬當世最有才幹的領導，以他的野心和才智，何以甘心偏安中土？

繼阿里不哥之後的挑戰者是窩闊台的孫子海都，他使察合台系歸附他，有三十多年時間，他成為亞細亞地區的真正主人，同時亦開始跟忽必烈鬥爭。還有蒙哥之子昔兒吉，四十四歲登上汗位的忽必烈，一直到七十二歲仍要馬不停蹄對付反對者。反對者並非個別具有野心的人，而是一群蒙古親王。他用了幾十年時間仍無法擺平離心勢力，何解？其後他的直系子孫安安樂樂留在中國做皇帝，沒返回漠北。為甚麼察合台諸汗和欽察諸汗拒絕稱藩？他們為了甚麼而不願承認忽必烈？」薛岳以連串發問引導薛靈璋思考。

「權力鬥爭導致內鬨，這些事多得很，不一定與穆薩利的畫有關。就算那張畫正是關鍵所在又怎樣？它的使用方法難道能流傳至今天麼？就算真的流傳到今天，我們真有本事找到知道祕密的人？」薛靈璋想起傻頭傻腦的戴小康。

「如果各路人馬確因為忽必烈失去開啟祖先陵墓的能力而不支持他，那是不是反證有人知道祕密而藉此與之抗衡？」薛岳揚眉凝視孫女，「如果所有蒙古皇室都不知道皇陵的祕密，忽必烈不會備受挑戰。應該有人知道祕密，然後大造文章，以此作為挑戰忽必烈的籌碼，說服一眾皇室貴冑站到他的一邊奪權。」薛岳不敢說自己的猜測接近事實，只能說：「天曉得了，畢竟我沒看過史書提及『路引』或其他尋找汗陵的方法。可是，想到蒙哥人生末段出征南宋的日子，出卑皇后一直留守六盤山直至死去，此地又正是成吉思汗猝死之處，箇中原委惹人遐想。其實出卑皇后歿於其夫死後兩個月，死因不明。反觀另一位蒙哥皇后也速兒卻得到忽必烈禮待，可以安度餘生。出卑皇后之死耐人尋味。」

薛靈璋思如泉湧，接續爺爺的引述將故事歸納：「皇陵的祕密分成兩部分：一是《聚魂之地》，另一是它的使用方法。《聚魂之地》一直由莫安雅兒收藏，而阿里不哥向出卑皇后自稱知道使用方法，如果他沒撒謊，必然把使用方法告訴子孫，留待日後得到『路引』時派上用場。」

「不單是阿里不哥的後人，他向忽必烈投降之後，可能抵不住各種軟功、硬功而透露祕密，因此《聚魂之地》雖然失蹤了，使用方法卻在孛兒只斤家族世代相傳。」

薛靈璋連連點頭：「戴小康和她背後的勢力正是知道祕密的一半，他們知道『路引』如何使用，所以不惜代價去尋覓《聚魂之地》。不過……」她側頭細想，又覺得不妥：「按理說戴小康不可能提供《聚魂之地》的仿製品，它一直留藏在穆薩利家族直至今天。」

「按理確實如此。」薛岳同意這一點難以解釋，「也許仿製品打從《聚魂之地》被莫安雅兒奪去之後已經存在。」他有些困惑，迷惘起來：「那代表甚麼？」

爺孫倆同時默然，各自在心裡盤算與幻想。

許久之後，薛靈璋先說話：「我答應約爾‧康德一星期內回覆他，按程序，我要將他的委託轉介給北京那邊跟進。要是施詩接手了，我不方便過問太多。我們怎樣才可以保留主導權？」

薛岳早就想好，提出一個薛靈璋意想不到的要求：「你明天帶我去上環荷理活道找一家古董店。」

「明天？古董店？」薛靈璋不明所以。

「當日好友代黑貂裘的舊主花先生四出尋找專業人士撰寫評估報告，好友將我推薦給他。花先生是很有名氣的古董商，生意做得很大，在世界主要城市都有店子，我記得他的香港分店名字典雅迷人。雖然黑貂裘在鐵木真時已易了主，再加上接近一千年過去，世事經歷萬千變化，黑貂裘的舊主人也許與孛兒只斤家族再無關係，甚至可能跟蒙古人完全無關，但無論如何，花老闆都是最具潛質的線索。」一向道貌岸然的薛岳忽然變得狡猾，「我未曾直接跟花老闆通訊，只知道那家香港分店在荷理活道，我們試試找上門去，且看能不能搜刮到丁點有用資料。距離期限尚有幾天，你暫時別回覆約爾・康德。有關成吉思汗陵的傳說太多、太吸引人。成吉思汗挑選起輦谷的某處作為墓地，據聞該地藏有另一個驚世祕密，鐵木真洞悉祕密才選之作為長眠之所。查出墓穴位置，可能不只解破成吉思汗陵墓之謎，收穫必定超乎想像地豐富。」

第六章　女媧遺物

上環荷理活道是香港開埠後首條完成建設的街道，名字的來由眾說紛紜，但肯定與美國著名的電影名城無關。由於荷理活道集中西文化於一爐，既有古玩店、藝廊、廟宇、歷史建築，也有餐廳、酒吧等高級消遣場所，一直都是甚受旅客歡迎的旅遊熱點。

薛靈璋泊好車子後，推著爺爺沿荷理活道尋找目的地。幸好這天不是假期，人流不算多，兩人悠閒地一邊尋覓，一邊欣賞路途風光，最後停在一個以隸書寫成的店號下。

「爺爺，就是這裡，『談古說艷』，名字好美好美。如果花老闆不在怎麼辦？」薛靈璋覺得做大生意的人通常四處跑，哪會浪費時間看守店子？不過她同意爺爺的想法，如果找舊朋友輾轉相約，要經一番唇舌解釋，搞不好惹人疑竇，不如直接到店子來碰運氣。

薛岳也心知有可能撲空，但既然身在香港，也沒所謂了：「不要緊，我們隨意看看就走，然後再想辦法聯絡花老闆。」

店子的門口狹窄，薛靈璋探頭探腦看不到有人，卻聞到一陣濁臭的、惹人反感的煙味，循冒出煙味的方向望去，見到店子內堂門口，一個坐在小椅子上抽煙的糟老頭。薛靈璋想退出店外，跟爺爺商量應否進內，卻聽到那個使人倒胃口的糟老頭輕喊：「薛小姐，竟然是你？」

薛靈璋甚為驚疑，薛岳則興奮地跟老頭相認：「袁保！」一邊說一邊喜極忘形地撥開孫女，驅動輪椅逕直進內。

薛岳跟袁保認識在年少之時，當薛岳還是大學生的時候，袁保已經在榮寶齋工作；有好幾年的時光，兩人經常見面，及後在風風火火的歲月裡一度失去聯絡。許多年後，薛岳重臨榮寶齋，大家恍如隔世地相認。當日的袁保不比今天年輕，今天看來就改變不大，很容易認得。

「薛老爺，你好啊！」袁保隨手將煙蒂丟到地上用腳一踩，衝上前迎向薛岳。

薛靈璋嗅到袁保身上發出莫以名狀的臭味，慌忙退避。

兩位老人眼泛淚光，四隻手緊緊相握，薛岳喜問：「你竟然來了香港？你竟然離開榮寶齋？」

提到榮寶齋，薛靈璋立時記起糟老頭是誰。

有人稱榮寶齋是中國的蘇富比，店主學識廣博，跟薛岳一樣，藝術、歷史、文學通通皆精，店內臥虎藏龍，一個普通店員都可以在大學教歷史，當中尤以袁保最深藏不露。

袁保是個奇人，他支榮寶齋的薪水卻又不是榮寶齋的僱員，他替榮寶齋做文物修復工作卻又從不固定上班。總之早上店子開門的時候見到他，那一天他會乖乖工作直到店子關門；臨走前，老闆給他一天的工資，至於他明天會不會上班卻沒有人知道，老闆不會問，他自己不會說，別人更不敢多管。有時候他會十天半月不見人影，有時候又會勤勤懇懇地苦幹一星期。至於他住在哪裡？不上班的時候又去了甚麼地方？從沒有人追問。只知道他挺老實，上班的日子工作十分勤奮，一整天都在忙，有時連吃飯也忘記了。

袁保的特殊地位沒使任何員工不滿，相反，每位同事都十分尊敬他，除了因為他的修補工夫無人能及之外，更因為他似乎無所不知。

文物修復是一門非常專業、難度非常高的工作，很多文物保護的專業人才，一生都埋首於一個項目，獨沽一味專注於陶瓷，專注於絲、絹、布或字畫；但袁保甚麼都懂，不只是懂，全部皆是箇中能手。老闆交到他手上的東西，沒有一件補救不了，沒有一件不使老闆滿意。有些修復難度極高、極貴重的寶貝，老闆就算等一個月也堅持等他回來做工夫。

袁保說自己沒上過學，其知識卻既廣且雜，連薛岳都不禁讚嘆；更難得的是，他的識見往往又在一些極冷僻的領域上。薛靈璋沒聽過他跟別人談論歷史、政治或文學、藝術等大題目，不過說到地方風土人情，他可能是全中國懂得最多、最廣博的人。

有一次，薛岳與薛靈璋都在店內，一位福建老華僑走進榮寶齋買東西，老華僑已三十多年沒回中國，碰巧招呼他的年輕店員也是福建人，兩人一見如故。老華僑滔滔不絕談論往事，興奮之際哼起一首幾十年前在鼓浪嶼很流行的民謠，可惜哼了兩句便忘記歌詞。年輕店員聽得莫名其妙，原來他沒聽過，但半蹲在角落抽煙的袁保卻輕輕地把歌詞接下去。他不單懂得歌詞，那種鄉音，那種風味，據老華僑說，正正跟他奶奶唱的一模一樣。霎時間，華僑老淚縱橫，細問袁保，他說自己不是福建人，只愛研究各地歌謠。

又有一回，來自貴州的人客教老闆煮一道名叫王八三蛋的家鄉菜，袁保指出他少說了一個竅門，就是不能下鹽和油。人客十分驚訝，拉著他問是不是貴州人，因為只有最地道的貴州鄉下人才知道這個竅門。

袁保依例否認，像任何一次被問到籍貫時一樣，他說他家鄉是中國。

薛岳跟袁保亦師亦友——師是袁保，薛岳常說袁保使他獲益良多。薛靈璋對爺爺的謙虛不以為然，直至見到一位北大教授帶著他的博士生探訪袁保，以極謙卑的語氣請求袁保指點他的學生做一篇有關女媧傳說與民族學的論文。據那位教授表示，袁保是他認識的朋友裡，懂得最多民族故事和傳說的人，袁保甚至能清楚交代如何找到文獻資料參考。這時候，薛靈璋才對袁保多一點尊重。

有時候，跟不相熟的人，要與某個場景連結在一起才容易喚起記憶。袁保脫離了榮寶齋就難以讓薛靈璋記起來，除非像薛岳那般，大家建立了一輩子友誼，才會任是天涯海角也能相認。因此，薛靈璋雖然嫌棄袁保似鄉巴老農，卻無法不欽佩他的好記性，一介老朽，又只跟自己有數面之緣，竟然一眼將她認出來，確然目光如炬、記性超群。

「不能說我離開了榮寶齋，你知道我經常四處遊走，這一回應花老闆的邀請來香港工作數月。能在香港跟你們見面太激動了！」袁保說話流利，動作與反應比薛岳矯捷俐落。

「有你在真好，我正想認識花老闆。請問他在嗎？可以給我們聯絡一下麼？」薛岳軟語相求。

「你來得不合時，花老闆剛去了倫敦，下個月初才回來。」他瞄了薛靈璋一眼，困惑了，「薛老爺，你一向看不起做買賣的人；薛小姐，你不是西洋畫專家麼？怎麼突然到中國古董店尋寶？」

薛岳想了想，與其東拉西扯，不如爽快坦白：「我不是來買東西，因為知道花老闆在蒙古人脈甚廣，想請教好些問題。」這一刻，他覺得袁保可以信任，更覺得袁保的豐富冷知識有可能幫得上忙，於是單刀直入：「你知道成吉思汗留下了一幅很重要的畫嗎？成吉思汗的陵墓一直如謎，袁保，你知道多少？」

站在一旁的薛靈璋心裡不舒服，認為爺爺太率直，她不相信袁保可以提供有用的答案。

可是出乎薛靈璋意料，袁保沒想多久，就說了讓爺孫倆非常吃驚的話：

「這是一個蒙古的古老傳說，只在鐵木真故鄉一帶才流行。曾經有人問過孛兒只斤家族後人，他們也知道這個傳說，但只承認僅是個傳說：女媧娘娘留下了一幅畫，其後用作成吉思汗陵墓的開關。有蒙古人還說，成吉思汗就是下葬於女媧煉石補青天的地方。」

薛岳心裡慚愧，自己枉稱宋元歷史學家，竟對此聞所未聞，袁保見識廣博使他嘆服。

女媧、畫、成吉思汗可以串連成故事，實在教人拍案驚奇。

「孛兒只斤家族的後人都知道這個傳說，可惜從沒有人去探索諱莫如深的祖先葬地，也對女媧的畫沒有憧憬。」袁保的語氣很隨意。

薛靈璋插嘴：「換了我也會裝作甚麼都不知道，一旦讓別人知道我知道祕密，祕密便再不可能保住，帶來的麻煩多得不堪設想。」

「你的話無可辯駁，可是，就算我們肯定孛兒只斤的後人知道祕密又可以做甚麼？」袁保笑笑，習慣煙不離手的他又去摸口袋，想想不好意思地又將手抽回。

薛靈璋熱切求問：「祕密如果確然存在便有探索的空間。保叔，你認為現今世上有沒有人知道成吉思汗墓地所在？」

「八百年了，多少事物動用大量人力、物力刻意保存亦不免散失消亡，何況這些所謂的『祕密』？知道的人本來就很少，最後失傳，合理之至。」袁保看到薛岳做了個噴香煙的動作，感謝薛岳善解人意，就老實不客氣地摸出打火機想點香煙，但動作忽然打住，似突然想起甚麼。

本來一臉失落的薛靈璋緊張地傾前追問：「你想到甚麼？你知道甚麼？」

袁保好整以暇，先是完成點煙的動作，繼而噴一口煙圈，不徐不疾地說：「我想起一件關於忽必烈的傳說，恰巧與女媧有關。話說忽必烈建立元朝後不久，派出大量官員到今天河北的涉縣搜尋女媧遺物。在涉縣一帶，女媧傳說十分盛行，境內的唐王山上還有全國最大的媧皇宮。據說，那時候的村民不論在山洞、在河底翻出物件，都說成女媧娘娘的遺物。千百年來從沒有人像忽必烈一樣對女媧的『遺物』認真，他重賞任何獻給他『女媧遺物』的人，不管那些東西只是農民家裡一隻用舊了的飯碗或是一塊破布。總之打著女媧的旗號，涉縣的平民幾乎人人都發了筆小財，你說奇不奇？」

「請問你從何得知這個傳說？有文獻可供考證嗎？」薛靈璋意興正盛。

袁保打了個哈哈：「天底下有多少傳說？能考證的就是史實不是傳說了，尤其這種既偏且冷的故事，只靠鄉里之間口耳相傳。」說罷，又噴一口煙圈。

「你為甚麼會知道？你是涉縣人？」薛靈璋實在討厭煙臭，語氣稍欠禮貌。

「我不是涉縣人。知道就是知道，不一定有原因。」袁保不喜歡沒有禮貌的人。

「後來呢？忽必烈找到他要的東西沒有？」薛岳代孫女發問。

「這個沒聽說呢。不過涉縣境內的太行山山麓有一個大洞，名叫女媧洞，現在成為旅遊景點，傳說就是忽必烈命人挖出來的洞窟，看來民間的呈獻未能滿足他，要不然不用派人挖掘山洞。」

兩老對話的時候，薛靈璋在手提電話上按了又按，接著，她給袁保看《聚魂之地》的照片：

「保叔，你覺得這東西是甚麼？」

袁保很認真地一邊看一邊想，最後只能搖頭：「我沒主意，外形似一幅畫但沒有畫的內涵……」他雖然年老，腦筋依然相當靈活，竟然想到重點，難以置信地問：「別告訴我這就是女媧娘娘留下來的畫！」

薛靈璋為之語結，嘴巴張了又合，在想說與不想說之間，薛岳代她應對：「天曉得究竟有沒有女媧娘娘，有人為這東西問價，也有人在市場上尋找。袁保，你見多識廣，你認為女媧留下來的畫跟成吉思汗陵墓相關的可能性有多少？」

據薛岳所知，袁保沒念過多少書，但他思維敏捷而且分析有條不紊。果然，他一語中的：「我們不必理會女媧的傳說，就算沒有女媧，也不能排除這東西跟成吉思汗墓地的關聯性。現代科技先進，要分析這東西的年分與成分並不困難，你們應該先行這一步。」

薛靈璋認同袁保的意見，留下名片給他：「保叔，花老闆回來後能通知我們嗎？我們想拜會他。」

袁保爽快答應。薛岳換個話題，大家暢談一輪舊事後依依話別。

袁保送兩人出門外，直至薛靈璋座駕絕塵而去，正要狠狠補上一支煙，猛想到忘記告訴薛岳一項非常重要的資料，心裡暗叫可惜，這時候卻有另一位不速之客走進來。

來者是個中年女人，打扮端裝有派頭，她遞上名片給袁保，以十分標準的京腔說：「你好，我姓施，想搜羅一幅古畫，你且看看，這是它的仿製品。」她給袁保看手提電話上的照片。

袁保不耐煩，想告訴他老闆不在然後打發她離開，然而眼睛還是下意識望向照片，就這一看，他就呆得像傻子。

這不正正就是薛靈璋給他看的照片嗎？究竟發生甚麼事？

一大撮煙灰被他抖動的手震落地上。

* * *

薛靈璋與薛岳離開「談古說艷」之後，腦子又增加了幾分幻想，心裡又多添了幾倍雀躍。約爾・康德的故事有了支持，她盼望不久將來，有一天，全世界的報章都以她作為封面，報導在她的參與和指導下，震懾人心的成吉思汗陵被打開，誰想知道墓穴的一鱗半爪都要訪問她，出版商苦苦哀求她著書講述開發過程；全歐洲以至全世界的人文學專家、所有與文物買賣相關的組織都要卑躬屈膝向她打探求問，她的名字響遍全球；在往後的歷史書裡也記載她的名字，這是一個能使她攀向巔峰的機遇……。噢！不能再想，因為渾身灼熱難耐。

經過一天奔波，薛岳很累，可是一合上眼就是成吉思汗、蒙哥、出卑皇后和阿里不哥。陵墓的格局是怎樣的？鐵木真身為大漠英雄，可能不如秦始皇陵般講究規模與排場，也未必像唐高宗和武則天合葬的乾陵一般灌入天下奇珍，但任秦始皇陵再雄偉壯麗、唐朝雙帝的乾陵再舉世無匹，也不及成吉思汗的埋骨之所來得吸引，除了因為墓穴的主人創建了前無古人的龐大帝國，更因為他的墳地隱藏得極深、極神祕。薛岳的雄心因孫女熊熊地燃燒起來。

傍晚，爺爺與孫女各懷心事靜靜地吃晚飯，薛靈璋打破寧靜，幽幽地嘆氣說：「我必須在明天回覆約爾・康德。我本應告訴他有現成的買家，而且出價高得驚人。接下來，我應該與施詩聯手撮成交易，然後獲得分紅，僅此而已。而那個戴小康和她的同夥將在不久之後打開成吉思汗陵，自此，墓裡的所有東西都成為他們的囊中物。」她悶悶不樂，向爺爺申訴：「這幫人一心為財，我們只能眼巴巴看著強盜蹂躪和掏空一個無可比擬的人文寶庫，我真的只能按規矩辦事？」

薛岳躊躇片刻，呷一口碧螺春，就此把心一橫向孫女獻計：「靈璋，你明天回覆約爾・康德，說有買家對他的畫有興趣，叫他自己開價，可是千萬不要讓他知道戴小康存在。」

薛靈璋側頭細想，猜不透爺爺的用意：「那麼買家是誰？」

薛岳滿有機心地笑笑，城府極深：「暫時還沒肯定買家是誰。你忘記了黑貂裘拍賣前夕的飯局嗎？出席的每一個人都具備購買《聚魂之地》的財力，別的不說，單是羅富齊先生，他清楚表示對尋寶遊戲感興趣，只要我們讓他明白《聚魂之地》的投資價值，他定必願意揮金如土；還有世界十大收藏家之一的森克斯伯爵也非常熱衷於尋幽獵奇，我會想辦法聯絡他們。我們這一方的財力不可能比戴小康那一方弱，絕對不會。」

「還有黑貂裘的新主人，羅富齊先生的表姐夫。」薛靈璋心中竊喜，她早就不想按本子辦事。飯局的點滴她無刻或忘，只是沒信心能爭取羅富齊和森克斯的信任。再說，要是這樣做就等於背叛了貝洛奇，似乎不太妥當。詎料爺爺有同樣的心計，真好，有薛岳的支持和穿針引線，她可以放膽去做，大不了辭去貝洛奇的職務。

「我明天會將約爾・康德的委託紀錄刪除，免得節外生枝。」薛靈璋想起施詩，她知道約爾・康德曾經出現，立時惴惴不安。

接下來，她跟薛岳詳細討論跟約爾・康德周旋的要點，例如怎樣引導他相信他的畫在拍賣場上不會有人要，怎樣使他相信《聚魂之地》不值錢，用甚麼藉口推動他盡快將畫甩手而又不會讓他懷疑；如果他中計，薛岳過兩天再聯絡他，立即買下《聚魂之地》。

一切都想得周詳圓滿，不過總是人算不如天算。

翌日，薛靈璋連泡咖啡也等不及，急忙坐到辦公桌的電腦前，登入客戶委託紀錄資料庫，一心要抹掉約爾・康德的痕跡，卻赫然發現根本沒有約爾・康德的紀錄。

必定是職員疏忽，沒有為他的個案存檔。

她起初甚為不滿，但轉念又覺得高興起來，真是天意，她本來就想刪除紀錄，現在連這一步也可以省免，好極了！接著，她喜孜孜地按手提電話，要從電話簿上搜尋約爾・康德的號碼，擦了兩下屏幕，她的動作倏然剎停，因為她覺得很不對勁。

施詩不是看到約爾・康德的委託嗎？何以今天消失了？

薛靈璋突然想到另一件事，放下手提電話，再一次登入公司的客戶資料庫，搜尋戴小康的資料，結果一如薛靈璋所憂慮的，戴小康的委託紀錄同樣消失無蹤，包括施詩跟她會面的錄像亦全部清除，不留痕跡。

薛靈璋即時怒氣衝天撥電話給資訊科技部的職員，以行政總裁助理的身分查詢，半天後才得到回覆：「我們檢閱了過去一星期的客戶存檔，共有七個檔案流失，當中四個屬系統自動淘汰的過期檔案，兩個被北京辦事處主管施詩刪去，一個因重複儲存而被取代。」

薛靈璋掩臉冷笑，施詩幹得好徹底，她怒不可仰，霍然跳起，對方膽敢做這樣的事！這女人為甚麼要這樣做？這是足以使她失去工作的行為，施詩在貝洛奇的年資比自己長十倍，沒道理不知輕重，太過分也太奇怪！如果老闆知道她的惡行，肯定會立即解僱，貝洛奇容不下她！

氣上心頭的薛靈璋誓要給施詩狠罵一頓，單是責罵還不夠，隨後還要跟老闆舉報她的惡行，務必讓她敗走貝洛奇。她考慮了一陣子，猶疑該先向老闆舉報還是先向施詩問罪，最後決定先聲討施詩，此時此刻，沒有甚麼比罵她狗血淋頭更為重要的了。所以，當對方一接線，薛靈璋即時咆哮：「施詩，你為甚麼要刪除約爾・康德和戴小康的紀錄，你居心何在？我可以保證，你不可能繼續在貝洛奇混下去。」

施詩聽後竟然毫不在意，還笑起來：「你有甚麼資格質問我？你又安了甚麼好心？何以不告訴約爾・康德已成功為他配對？我一個星期前就告訴你戴小康是潛在買家，出價極高，而你一直沒通知他，這算甚麼意思？難道你沒有詭詐？」

薛靈璋心虛了半秒後重整旗鼓，理直氣壯道：「我只不過延誤了通知客人的時間，而你刻意消滅客戶個人資料，你存心將之留為私用對吧？你肯定觸犯了商業罪行，要坐牢的。」

施詩沒有退縮，還加倍氣焰：「別傻了，你以為我第一次幹這回事？你以為誰可以整治我？薛靈璋，你太年輕，學識豐富可惜見識不夠，你以為我是獨行俠？」

薛靈璋語結。施詩說得對，沒有人包庇，她絕對不敢放肆。不過這一刻不能示弱，她強硬地說：「約爾・康德是我的朋友，戴小康需要他的畫，我有許多方法可以引戴小康出來。」

施詩哈哈一笑，極盡嘲諷：「坦白告訴你，我已經跟約爾・康德通過電話，他說了很多。我尚未告訴他有一個願意出價十億美元的買家，如果他知道了，你認為你們的友情可以超越十億美元嗎？」

薛靈璋氣得胸口鬱悶，咬牙反擊：「我認識的、有能力付十億美元做買賣的富豪有很多。戴小康不名經傳、資金來路不明，跟她交易說不定要犯上官非。」

施詩沒興趣跟她拳來腳往，決斷地說出讓薛靈璋心寒的話：「我的背景不是你能想像，如有必要，我甚至可以將約爾・康德的畫硬搶過來！你別以為任何人付得起十億美元就可以買下成吉思汗陵墓的祕密，約爾・康德的畫只是祕密的一半，我不確定另一半有誰知道，只肯定不是你的富豪朋友。」

薛靈璋大驚失色，思緒亂成一團。施詩竟然知道《聚魂之地》跟成吉思汗陵墓有關，怪不得她視職業操守如無物，戴小康一定告訴她很多，姓戴的越想越有可能掌握了「路引」的使用方法。

為了不落下風，薛靈璋要自己冷靜，提聲將施詩囟回去：「你暗示戴小康懂得另一半祕密？你以為戴小康的資料給你刪除後我就束手無策？不管你的背景如何，我都不會退讓。」薛靈璋氣得說不下去，只好狠狠掛線，她跌坐椅子中慢慢消化跟施詩的對話。

施詩說她背後有一夥人，她威脅不惜硬搶也要得到約爾・康德的畫，跟這樣的黑暗勢力糾纏會有甚麼後果？不，薛靈璋對自己大搖其頭，覺得單憑施詩自吹自擂就畏縮起來，自己太膽小了，能成大業的人不會如此怕事，她看不起自己。施詩跟自己一樣，只不過是貝洛奇的一名職員，有甚麼好怕？

*　*　*

約爾・康德拿著旅遊指南穿梭於擠擁嘈雜的街道，他第一次來到香港，這城市的壓迫感超越想像，到處喧鬧不休，使他幾乎錯過麥巴倫打來的電話。

「早啊，老友，你那邊似乎很吵，在街上嗎？可以說幾句吧？」
「當然。」約爾退到較寧靜的角落，方便駐足傾談，「可以說了。」
「舅舅介紹給你的貝洛奇高級職員今天聯絡我的舅舅？」
「你說薛小姐？」
「是，她說失去你的聯絡電話，只能向舅舅詢問，而舅舅也沒有你的號碼，於是找我問了。」
約爾大皺眉頭，頗為不滿：「怪不得等了超過一星期還沒給我回覆，貝洛奇似乎不夠專業。」
「舅舅說薛小姐心急又緊張，或許有買家出現了，不過航天局比任何人都更想得到你的畫。老友，你無法想像那東西帶給航天局的衝擊有多大。」麥巴倫的聲線急速又亢奮，「你的難民朋友沒騙你，那幅畫確然歷史悠久，航天局先以傳統的碳十四測定年代，得出的答案是它的歷史超出了碳十四能測定的六萬年上限。其後局方再以六種不同的方法，包括熱釋光放射性定年法，全都得出相近的結論。可是，全航天局都不接受這個結論，因為正如我早前所說，畫中找到的某幾種元素不存在於大自然，是近代以高科技合成的產物。」
約爾呆若木雞，一時接不上來，要麥巴倫呼喚幾次「你聽到嗎？」才得到好友囁囁嚅嚅地做回應：「不會吧？按阿米娜提供的故事，它是成吉思汗陵墓的路引，距今約一千年。」

「我剛才說的你已經不能接受了？那麼你應該不會相信《聚魂之地》的數據中包含了人類血液，雖然含量不多，卻能以碳十四測定法分析。結果顯示你剛才說對了，血液約是一千年前留下，與成吉思汗年代吻合。」

約爾覺得自己的腦子突然變得不靈光，他努力整合麥巴倫的說法，推測：「《聚魂之地》是極為古老的物品，後來，有可能，落到成吉思汗手上，最後流傳至二十一世紀的今天。」

「不不不，」麥巴倫連聲否定約爾，「你的推測解釋不了那東西何以包含現代的人工合成元素。你知道嗎，歐洲航天局要我向你問價，他們想收購《聚魂之地》深入研究。老友，你終於得償所願，有著不一樣的人生，揚名世界指日可待。」說罷哈哈大笑。

約爾懶得分辨麥巴倫是真心還是調侃，只關心價錢：「航天局願意給我多少？」

麥巴倫顯得為難，委婉地解釋：「由於磁場消失事件不斷有新變化，地球磁場已經無緣無故局部性消失七次，每一次都配合上空的臭氧層破洞。我們本以為磁場消失乃自然現象，直到最近不得不相信可能有人為力量發送大量高能粒子先擊穿臭氧層，繼而操控地球磁場，這是非常嚴重的問題，嚇得大家死去活來，我們必須傾全力應付。高層暫時沒時間討論買畫的價錢，不如由你開價，我向上頭彙報。」麥巴倫長長嘆氣，半認真、半說笑道：「早已有外星人侵襲地球，因為我們不相信地球上有任何人、任何組織、任何國家具備使磁場消失的力量。」

約爾心裡一慌，好友說的事確實非常嚴重，至於是否有外星人侵襲地球這個問題他只當笑話。問：「要是貝洛奇找我討價還價，我應該回絕嗎？」

詎料麥巴倫斷然否決：「不，《聚魂之地》有翻不完的新奇刺激，航天局很想追查它的來歷。阿米娜那邊有重要線索殆無疑問，如果你的畫真有買家積極出價，對方將是另一條十分重要的線索。一塊莫可名狀的鬼東西，表面看一文不值，買家一定知悉《聚魂之地》的獨特內涵才會感興趣。你要協助我們查探買家的身分。」

「我該怎麼做？」約爾打起精神，期待將會發生的事刺激有趣。

「薛靈璋必定會聯絡你，無論如何，你要堅持跟買家見面。」

約爾躊躇起來：「按照拍賣行規定，我暫時沒機會接觸買家。」略想，又答應下來：「好，我伺機行動，有進展就告訴你。」

與麥巴倫對話之後，約爾若有所失，一旦歐洲航天局買下他的畫，往後的所有事他都無權干涉。《聚魂之地》潛藏的驚人隱祕何等有趣，究竟他該不該出售，還是保留它然後靜觀其變？若選擇出售，賣給獨立買家會更好嗎？他應否將歐洲航天局的發現告訴薛靈璋？在兩個選項之間還有別的方案推動事態發展嗎？阿米娜有可能隱瞞許多事沒告訴他，稍加盤問，或許可以挖出更多隱祕。不過，自己真的具備魄力與時間去查根究柢？

千百個問題一湧而上。最後，他在心裡禱告，希望藉貝洛奇替他做決定，要是貝洛奇無法在三個月內找到買家，而歐洲航天局仍沒想好收購價，他就留為己有。

世事變化往往出人意表，約爾和麥巴倫都沒預計，在薛靈璋回覆之前，尚有捷足先登的人。正是貝洛奇北京辦事處的主管施詩。

她致電約爾・康德，開宗明義就說：「我有買家出高價想買你的畫，不過這次買賣與貝洛奇無關，希望你不會介意，我敢保證價錢使你萬分滿意。」

約爾聽呆了，先有歐洲航天局提出收購，接著有施詩背叛僱主想私下搶生意，還有更意想不到的，在他推卻施詩之後，薛靈璋竟然加入戰團，說她從事歷史研究的爺爺想買《聚魂之地》。

真不得了，《聚魂之地》肯定非同凡響，而且很多人知道它非同凡響。

第七章　奪寶奇兵

薛靈璋問了約爾・康德的住處，逕直來到他下榻的酒店跟他面談。

「你好，約爾，真高興我們又見面。」薛靈璋不再喚他「康德先生」，改成親切友好的「約爾」。她笑意盈盈地走進酒店房間，舉起手上提著的東西，溫柔地道：「我猜想你已經吃過晚飯，所以買了生果，這是日本的上品葡萄和蜜瓜，你一定會喜歡。」

雖知薛靈璋暗藏機心，可是她的外形著實迷人，約爾無力抗拒，迷迷糊糊吃著葡萄，不忘禮貌地豎起拇指稱讚，又率先拉入正題：「你和施詩都是貝洛奇的職員，卻分頭瞞著貝洛奇跟我談買賣，我覺得很不安，你可以解釋一下嗎？」

薛靈璋甜甜一笑，沒帶一點尷尬和內疚，朗然說：「我知道我的處理手法並不光明磊落，並且有負於貝洛奇，但我沒有選擇。貝洛奇只是一個交易平台，商業利益是唯一目標，在貝洛奇眼中，你的畫只有金錢上的價值。不過你和我都已經知道它的價值不是金錢可以衡量，我不忍心讓

《聚魂之地》被當作一般商品在市場上不斷輪番炒賣，被不懂它真正意義的人看作商品傳來傳去，所以我招聚了同樣的有心人，希望跟你合作。」

約爾疑團未解：「施詩也知道《聚魂之地》的真正價值？其實單是知道並不足夠，必須有能力運用它，你們憑甚麼認為自己做得到？」

「憑我爺爺是蒙古歷史專家，憑我已得到羅富齊家族的合作承諾。」薛靈璋自信滿滿並嚴詞更正：「也許你認為我和施詩都是一丘之貉，然而我懇請你不要將我跟她混為一談，施詩甚至威脅硬搶你的畫，她與她背後的勢力根本是劫匪。」

「硬搶？」約爾很吃驚，「不會吧？她可是貝洛奇的高級職員……」就在此際，他的話給兩下叩門聲打斷。

兩人對望一眼，約爾猶疑了兩秒後帶著不安去應門。

約爾打開門隙，看到來人是個打扮端正的中國女子，不等他發問，對方已連珠發炮介紹自己：「你好，康德先生，我是早前跟你聯絡的貝洛奇北京辦事處主管施詩，請問我可以進來嗎？」

薛靈璋聽到施詩的聲音既驚且恨，這女子竟然由北京追趕到香港。薛靈璋向約爾猛搖頭又打眼色，示意拒絕她進來。

跟薛靈璋不同，約爾並沒向施詩透露自己居於何處，姓施的肯定在暗裡用盡手段調查自己，這教他極之反感，冷然下逐客令：「我有朋友在，沒有空招呼你，走吧！」

施詩並不在意他的反感，爽朗一笑，竟然直陳：「你的朋友還不是我貝洛奇的同事嗎？機不可失，我們可以一起談生意。」她雙手撐著門不讓約爾關上，同時向室內輕喊：「薛小姐，其實我們有合作空間，要是我曾讓你感到不快，我懇切向你道歉。」

薛靈璋臉色驟變，彈跳起來。明顯地，施詩跟蹤她到來，她震怒得呼吸困難，幾乎要破口大罵。

三人僵持了一陣子，其間約爾反覆想到麥巴倫的要求，好友要他盡力爭取與買家接觸，就目前所見，買家不止一個，他有必要讓施詩一同參與。

心裡有了決定，約爾打開門讓施詩進來。後者看到放了一桌的葡萄和蜜瓜，曖昧地望向約爾和薛靈璋，牽動一下嘴角，自以為明白甚麼，訕笑：「很甜蜜啊！」對充滿警戒的兩雙眼睛視若無睹，悠然地坐到房間唯一的椅子上，和藹可親地說：「你們看來很緊張，不要這樣吧，談生意應該輕輕鬆鬆的才好說話。」

薛靈璋重重一哼，質問：「你怎會知道我來了？你跟蹤我！你的真正身分是甚麼？你想幹甚麼？」

施詩輕拍她的手背安撫，像逗小孩子一樣親切，微笑說道：「正如你們所知，我是貝洛奇北京辦事處的主管，這是我其中一個身分；就像薛小姐，你既是貝洛奇行政總裁的私人助理，也是西洋畫評鑑專家；像康德先生，你既是醫生，又是一個參與尋寶遊戲的冒險家。我有另一個身分不足為奇對吧？」

「那麼，你另一個身分是甚麼？」

約爾本沒期待施詩老實作答，但她竟然願意避重就輕地透露一些：「古董買賣市場非常龐大，成交金額達天文數字，貨品耐人尋味，除了投資價值，還是一個考眼光、考智力的遊戲，所以極具吸引力，國內許多官商富戶都甚好此道，樂此不疲。我的工作就是為他們留意市場情況，鉅細無遺地提供有用資料讓他們的投資得心應手。」

站著的兩個人似懂非懂。施詩問薛靈璋：「你找到戴小康嗎？」

薛靈璋一昂頭，傲然道：「我沒必要回答。」

「我們極有可能成為生意夥伴，當然最好坦誠相對。」施詩的態度跟當日在電話中跟薛靈璋針鋒相對時大相逕庭，今天的她相當誠懇，聲音沉實有力，痛陳利害，「我欣賞薛小姐心懷大志想開發成吉思汗陵，可是你有想過就算康德先生手上的畫能幫助你找到陵墓的位置又如何？你以為有實力雄厚的投資者撐腰便能成事？中國政府會讓你在蒙古恣意妄為？」

薛靈璋怒不可抑：「你從何得知約爾的畫用以尋找成吉思汗陵？戴小康告訴你多少？我可以跟心懷鬼胎的人合作麼？」

「戴小康從沒告訴我甚麼。」施詩故布疑陣，壓低聲音說出教薛靈璋乍驚乍怒的話：「『談古說艷』的老店員很有意思。那天看著你跟薛博士離開店子的時候興致高昂，想必從他口中知道了忽必烈曾經積極尋找女媧遺物的傳說。我緊隨你們之後到店裡去，袁保聽我娓娓細道榮寶齋的掌故，歡喜得甚麼似的，那天我們暢談了整個晚上，我知道的甚至可能比你們多一點點。」她開懷地欣賞薛靈璋驚愕交錯並且飽受打擊的樣子，不忘示意對方要冷靜，然後故作從容地安慰她：「有野心是好，尤其薛岳博士貴為宋元文物的鑑證權威，他日陵墓被開發，對我們有很大幫助。」

「我們？」薛靈璋又再重哼，「你想多了。」

「任你背後有再多的世界富豪支持，任你有再多的資金可以運用，亦無濟於事，因為你沒有能力跟國內的政府官員糾纏，而這一點對我們來說完全不成問題。要是你知道我們集團的人脈有多大實力，你一定會願意跟我們合作。」

薛靈璋的心理質素一向強大，瞬即化驚怒於無形，她先掃視施詩一眼，然後轉向約爾，指桑罵槐：「約爾，你可聽說過一支美國探險隊在靠近俄羅斯邊境的密林，發現一座由六十個墳墓組成的大型墓群，其中二十座沒有被盜入過，已考證屬蒙古貴族的墳墓。由於該處地近鐵木真出生及封汗之地，因此推測成吉思汗陵墓也在其中，而該墓群在烏蘭巴托，屬蒙古國範圍，不是中國領土。」最末一句語氣加重了三倍。

施詩輕鬆回敬：「約爾，你知道嗎，有一個叫克拉維茲的美國探險家在二〇〇〇年募集了一百二十萬美元經費，搜集六百多本提及成吉思汗和蒙古皇朝的書籍，又在蒙古生活了六年，可憐他直到今天仍跟蒙古政府糾纏著甚麼都沒得到。」她直視薛靈璋，眼神充滿挑釁，道：「就算寶藏位於蒙古國領土又如何？難道你的歐美團夥有人脈疏通蒙古人？你不應該懷疑我們跟蒙古國討價還價的能力。」施詩又忍不住傲慢起來，「其實，單是戴小康你已經應付不了。我猜這幾天你根本聯絡不上她對吧？」又補上一句：「因為我也找不到她。」

「戴小康是誰？」約爾很不滿，兩個女人知道的事他毫不知情，「你們說我的畫對尋找成吉思汗的寶藏很有用，那麼說我是關鍵人物，為甚麼從沒有誰向我交代事情的來龍去脈？」

為了爭取約爾信任，薛靈璋搶先告訴他一點點：「戴小康，一個蒙古少女，早在你接觸貝洛奇之前已在市場上斥巨資搜尋《聚魂之地》，她甚至能提供《聚魂之地》的仿製品，她蒙古人的身分跟阿米娜告訴你的故事對上了題。」

「有蒙古人想買我的畫？」約爾驚喜萬分，高興得像小孩子。

「原來你的畫叫《聚魂之地》，名字相當有趣。」為了顯示自己比薛靈璋更重要，施詩告訴約爾更多：「對，願意出高價的買家是蒙古人，這女子處處透著古怪，很不尋常，所以我們務必聯手對付。她自稱來自中國蒙古的蘇尼特左旗，此地屬內蒙古最貧窮的三個縣之一。我跟戴小康在社交媒體交上朋友，看到她談及自己名字的來由，說她家裡窮，父母只求小康不求大富，所以她叫戴小康。」施詩很貼心地向約爾解釋「小康」在漢語中的意思。然後對薛靈璋說：「這幾天裡，我們的人從不同途徑調查戴小康，發現這女子極端耐人尋味，她在兩年前以全省高考第一名的成績進入北京大學外國語學院，省政府賞她一年獎學金。一年之後，她以優秀的成績升上大學二年級，可惜因為政府沒再發獎金，她家裡窮交不起學費就退學了。」

薛靈璋早就斷定戴小康只是跑腿，家境貧窮也很合理，不過約爾卻不明白，聽後很困惑：「學費都交不起，她會出高價買我的畫？」

「為此我們繼續深入調查戴小康，得到一個驚人的發現：戴小康在退學後不久忽然變得很富有，銀行存款達幾百萬。追查錢的來歷，竟然是透過出售黃金得來。」

從語調到敘事節奏，施詩張弛有序，技巧高超，成功讓薛靈璋也投入其中，比約爾更好奇：「戴小康為她背後的團夥辦事，理所當然得到回報，然而為甚麼不直接給錢？要用黃金做報酬那麼轉折？」

「更轉折的尚在後頭。也許她為了掩人耳目，戴小康賣的都是金飾或小型金條，每次少量地、分段地賣給不同商號。她有錢之後並沒有重返北大，而是去了考英語、法語和西班牙語，又考了導遊證，最近當上導遊，帶外國人穿梭北京、東北三省、大西北和蒙古遊覽。」

看到薛靈璋眉頭深鎖陷入苦思，施詩很滿意，繼續說：「她在交付貝洛奇的五千萬美元委託按金之前，曾於貴金屬交易回購中心做了相同金額的黃金買賣。戴小康像擁有金礦似的，有無窮無盡的黃金供她兌換現金。」

「你的意思是……」約爾猜不透施詩的潛台詞，試探，「既然覺得戴小康的財富來路不明、身分可疑，那就別跟她做交易。」

「戴小康是很有意思的人物，因為我們懷疑她早就知曉成吉思汗陵的奧祕，她的黃金甚至有可能從陵墓偷來，然後以導遊身分做掩飾，往來北京、東北、大西北和蒙古從事非法勾當。」施詩的眼睛陰險地一閃，聲音壓得很低，「究竟誰在背後指使她做事？就算我們集團的領導也猜不透何方人馬在蟄伏。難道會有比我們更強的勢力？很難相信。」說到最末，似在自言自語。

約爾覺得時機很好，順勢向施詩提出要求：「我要跟戴小康見面。」

施詩不明白約爾有何目的，婉言推卻：「根據委託書的協議，買賣雙方不能直接交易……」

薛靈璋看不過眼，即時警告施詩：「你別再來這一套，約爾跟貝洛奇有委託協議，跟你可沒有關係，你有甚麼資格談委託約章？你在暗裡為別人效力我管不到，但別再以貝洛奇作幌子。」接著向約爾揭發施詩的陰謀：「你千萬不要跟這女人去見戴小康，她卑鄙下流，會硬搶你的畫，說不定在路上謀財害命。」

「我不會！」施詩生氣地向薛靈璋咆哮，隨即向對她怒目而視的約爾申辯：「我承認一時衝動說了過火的話，不過絕不會付諸行動，要不然我不會跑上來低聲下氣跟你們商議。」為了舒緩對方的怒火，只好拋磚引玉，答允約爾：「好，我為你安排跟戴小康見面。」看對方慍色未消，鼓如簧之舌解釋：「我雖然暗裡為別人做事，但我們的集團只想尋求合作機會，沒有害人的歹念。戴小康則不同，她形跡可疑，極可能從事非法勾當，她才真有可能硬搶你的畫。我還沒告訴戴小康已經找到目標，因為我摸不準她會如何行事。」見約爾仍未釋懷，她再退一步：「若你擔心我不懷好意，可以讓薛小姐同行，在開發成吉思汗陵墓的項目上，薛小姐和薛岳博士都是我們想招攬的對象，大家可以在路上好好商議。」

約爾跟薛靈璋交換眼色，可惜大家並未建立默契，實在猜不透對方的心意。薛靈璋其實很高興，戴小康是故事的主角，無可避免要跟她周旋，加上滿腹心計的施詩，自己力量單薄，能與約爾結盟當然最好不過。

既然欠缺默契，薛靈璋只好向約爾有話直說：「我樂意跟你同行，不過我建議你最好不要帶《聚魂之地》同去，風險太高，不如暫託在貝洛奇的保險庫。」

施詩甚為不悅，慍道：「我可以保證沒有人膽敢亂來，搶了你的畫，我們也不曉得使用，反之跟康德先生合作才能查問更多《聚魂之地》的往事。康德先生，沒有你的畫引誘不了戴小康入局，我們需要你，你也需要我們，因為對方背後有一股黑暗勢力善惡難辨。」

「合作與否言之尚早，待我和薛小姐見過戴小康之後再說吧。」約爾一邊說，一邊伸手向薛靈璋，後者立即配合，欣然地跟他緊緊一握。

* * *

薛靈璋安排好薛岳的起居生活之後，隨施詩和約爾・康德飛往北京，按計劃先到酒店下榻休息。

「我終於找到她，」施詩撥了幾百次電話給戴小康，終於傳來好消息，「她聽我說找到她要的東西後高興得尖叫，很心急想跟我們見面。她說自己正帶領一團歐洲旅客在新疆遊覽，不能立即見面，約我們下星期三晚上在北京商談。」

「很好。」約爾第一次來到中國，心情複雜，有興奮也有憂慮，施詩逗引他：「既然有時間，不如到處逛逛。」

約爾孩子氣地歡呼，問：「你有建議嗎？」

薛靈璋搶答：「還用說嗎，必定要去長城和故宮，要不然也不能說自己到過北京。」

約爾喜道：「好，先去長城。」問薛靈璋：「你去過沒有？給我帶路可以嗎？」

施詩家在北京，約爾竟然叫薛靈璋帶路，分明不信任她，這使她很沒趣，即時向他澆冷水：「玩樂可以，卻不在北京，去蒙古蘇尼特左旗吧。」

約爾和薛靈璋同時叫問：「為甚麼？」

「玩樂甚麼時候都可以，現在的要務是應付戴小康。我打算在跟她見面之前，到她家裡去摸摸底細，起碼知道她的家庭狀況、平日跟甚麼人交往和她的生活習慣等等。知道她的事越多對我們越有利，我必須改變我在明、她在暗的形勢。」

薛靈璋覺得施詩說得不錯，約爾卻不然，嘲諷：「你打算怎樣摸底細？直接到訪她的家問她媽媽？」

「這是個好主意，」施詩不覺得約爾調侃她，竟然同意，「我們已查知她的住址，趁她在新疆，正好尋到她家裡去。戴小康住的小區人口稀少，外來者引人注目，我們的人摸到村口已經引起疑心，村民問長問短，最後只能敗走。有約爾同行就不一樣，我和薛小姐扮作你的助手，說你是德國的大學教授，要研究蒙古的人民風貌。鄉下人見到老外一般都怯了七分，哪敢多問？」

＊　＊　＊

麥巴倫風塵僕僕來到北京機場，立即查詢去包頭的航班。

兩天前，約爾突然說要去北京見買家，麥巴倫很高興，事情發展比想像的順利。他提點好友跟對方交手時要注意之處，然後耐心等候事態進一步發展，卻又再突然接到約爾通知，說要轉往蘇尼特左旗，心裡實在忐忑，越想越不安，即時向航天局要了假期趕赴中國。

約爾口裡客氣，勸他不要大費周章，心裡的擔憂卻溢於言表，最終不得不承認此行確有凶險：「據施詩說，戴小康雖然年輕但背景神祕，肯定有一幫人在她背後。也不知這股勢力有多壞，施詩竟然要尋到她家裡去，很難想像會發生甚麼事。」

「你不必擔憂，我會盡快趕來支援你。磁場消失事件日日都有新發展，航天局正安排人手去塔克拉瑪干沙漠工作，我可以要求先行一步來中國。航天局一直關注你的畫，上司必會放行。記得盡量向施詩多問一點戴小康的資料並且盡快告訴我，不要忽略任何一項細節。」

麥巴倫坐言起行，他於深夜到達北京時，約爾一行三人已身在包頭。他即時買了明早去包頭的機票，希望能趕在約爾跟施詩啟程到蘇尼特左旗之前跟好友會合。

經過一番舟車勞頓又加上時差，麥巴倫累極，他撥電話給約爾卻沒人接聽，只好留言告訴他往包頭的時間，然後去到登機閘口，將背包當作枕頭橫臥在椅子上休息。

他沉沉地睡了一覺，也不知道時候不早了，往包頭的乘客陸續聚集，周遭人聲鼎沸，麥巴倫被吵醒，睡眼惺忪地看手錶，然後保持閉目養神，直至他聽到幾個人在身旁七嘴八舌討論去蒙古旅遊的行程，當中竟然夾雜荷蘭語，他驀地張開眼睛坐直身子。

說荷蘭語的人有四個，除了三個旅客還有一個中國少女。

麥巴倫在中國遇到同鄉覺得很有趣，以荷蘭語搭訕：「嗨！早晨，原來有那麼多荷蘭人喜愛到蒙古旅遊。」

荷蘭旅客聽後驚喜不已，搶著說話，其中一位女士熱心推薦：「在異鄉遇上自己人的感覺很美妙，獨自上路不孤單嗎？有沒有興趣加入我們？我們的導遊是地道的蒙古姑娘，她的收費廉宜得無可抗拒。」她側頭望向身邊的中國女孩又看看其他同伴，原來有七位團友，除了三個荷蘭人，還有來自英國和比利時的兩對夫婦。

麥巴倫沒想過找導遊，但想留有餘地，畢竟中國對他來說很陌生，蒙古又不似北京、上海先進文明，能多交一個朋友還是好的，於是友善地問少女：「你家在蒙古包頭？你們的行程怎麼走？」

中國少女明媚地笑笑，滿是陽光氣息，悅目怡人，回答：「我老家在蘇尼特左旗，你可能沒聽說過蘇尼特左旗，那是一處比較偏僻的地方……，哦？你怎麼了，」少女因麥巴倫的強烈反應而吃驚，「為甚麼把眼睛和嘴巴都撐大了？你懂得蘇尼特左旗？幹麼這樣做反應？」

麥巴倫似被一支大鐵錘狠狠重擊，腦子嗡嗡作響，連神智都模糊起來，喃喃地低問：「蘇尼特左旗的哪一處？」由於他的樣子和語氣太古怪，少女猶豫了很久才回答：「查干敖包。」

麥巴倫心裡激動，忍不住呻吟、嘴巴顫動，加上一天沒梳洗的潦倒相，樣子很慘又很可笑，他跟少女對看一陣子，待自己冷靜下來，勉強保持鎮定胡亂對答：「查干敖包，好特別的名字。嗯，有這麼一位美麗姑娘，那裡必定是好地方。我叫麥巴倫，請問你怎樣稱呼？」他發問時心臟快要停頓。

女孩伸出手來跟麥巴倫一握，爽朗地答：「露意莎，我姓戴。」

她竟然姓戴！麥巴倫嚇得冷汗涔涔。

「露意莎，名字很不錯，可是我想知道你的中文名字。」麥巴倫伸長脖子，差不多碰到她的鼻尖。

少女下意識閃避，頭部往後一縮，奇問：「你懂得中文？」

「我不懂中文，只是甚感興趣，請告訴我你的中文名字。」麥巴倫喉嚨乾澀，聲音變得沙啞，他實在非常緊張。

雖然少女覺得麥巴倫怪裡怪氣，仍樂意回答：「我叫戴小康，」並且拉長聲音，一字一頓教麥巴倫念：「戴——小——康。」

麥巴倫天旋地轉，幾乎昏厥。

天大地大，偏偏就讓麥巴倫在要緊的關頭遇上女主角，真是異數！被震撼得搖搖欲墜的麥巴倫不斷嚥唾沫，戴小康看著他盡出洋相。

麥巴倫怎麼也調整不了情緒，亂七八糟地吐一句話：「你願意當我的導遊就好了，戴小姐，很高興遇上你，我真想看看你的家鄉，多美麗的地方才能長成這麼美麗的女孩，我跟你去查干敖包好不好？」要不是麥巴倫的心太慌亂，他一定不會做如此愚蠢的建議。

面對麥巴倫唐突的要求，戴小康先是一呆，沒好氣地說：「查干敖包很荒蕪，沒有景點。去呼倫貝爾吧，那裡有美麗的草原和湖泊，是蒙古著名的旅遊勝地，亦是我們的行程之一。」

麥巴倫沒餘閒理會英國人荷蘭人和比利時人七嘴八舌的討論，心裡不停盤算該怎麼辦。到了登機的時間，麥巴倫緊黏著戴小康，甚至要求本來坐她身邊的英國人讓出位置。那位讓座的英國人以為麥巴倫想追求戴小康，曖昧地看著他一直笑。

「你的外語說得很好，中國的大學有教荷蘭語？」

戴小康落寞地笑笑，道：「大學沒有教荷蘭語。我在大學念了一年英語，後來當上導遊，學了不少外語。除荷蘭語之外，我還懂一點點法語、德語和西班牙語。」

「你充滿語言天分，要是能完成大學必有一番作為。也許有一天，你會成為出色的外交官，當導遊浪費你的才能。」

戴小康猛搖頭，不認同他的話：「我很享受當導遊，可以認識朋友、可以四處見識。要是你知道中國每年有多少大學畢業生，便會明白念大學沒有你想像的好。當外交官也不比我現在更快樂，我逍遙自在，像大鷹一樣。」

麥巴倫還沒想到能進一步探她口風的方法，戴小康也沉默了，大家靜下來好一會沒說話。直至飛機騰空，望向舷窗外藍天白雲的戴小康忽然問：「你不似一般旅客，來蒙古幹甚麼？」

「我從事科學研究，我要為蒙古做考察報告。」

「嗯，原來是科學家，研究地理、天文，還是生物、化學？」

「我是地質學家，到蒙古研究天然資源分布。」麥巴倫胡亂撒謊。此刻的他神不守舍，滿腦都是問題，不知道怎麼開口才最有效益又不會惹戴小康反感。

不過，戴小康接下來的話卻教他飄飄蕩蕩的神魂歸位。

戴小康竟然問：「身為地質學家，你對地球磁場正在減弱感到焦慮嗎？地球不單出現短暫性的磁場消失，磁場消失的上空，臭氧層又出現破洞，科學家都很擔心是吧？想到解決方法沒有？」

一字一句，麥巴倫聽得清楚明白，之後，他要扶著前面的椅背才不至於昏倒地上！

全球除了一小撮科學家和掌權者，沒多少人知道磁場曾多次短暫消失同時臭氧層出現破洞。知情者合共不該超過一千人。一個沒有完成大學、生活於落後荒涼地區的蒙古女孩竟然知道！

麥巴倫驚魂未定，抹一把臉，才艱難地吐出一句話：「誰告訴你這些事？你念外語的不是嗎？科學知識也很豐富啊。」

戴小康一點也沒在意麥巴倫的失態，淡定回答：「我對科學沒興趣，不過認識幾個很懂科學的朋友，他們說，地球人很奇怪，一點也不愛惜地球，臭氧層是地球的保護網，人類卻任由它不斷變薄、破洞，地球人終有一天會後悔自己的所作所為。」

麥巴倫再也無言，他很想很想認識戴小康口中「很懂科學的朋友」，這些朋友有甚麼來歷？想了兩分鐘，他做了一個大膽猜測，向戴小康試探：「有人說蘇尼特左旗乃中國政府一個極重要的祕密科研基地，是不是真的？」

戴小康笑得前仆後仰，樣子可愛極：「笑死人呢！歐洲的科學家，我一定要帶你到蘇尼特左旗，那兒只可能是貧農基地。」

麥巴倫完全拿她沒辦法，他真想直截了當問戴小康：你就是所有事情的幕後黑手對吧？不過這樣問絕不會得到他要的答案，也不合乎情理，一個出身農村、當導遊賺生活的年輕女子，何能撼動地球？麥巴倫無話可說。

戴小康以為他生自己的氣，輕聲道歉：「是我不好，我不該嘲笑歐洲科學家。」為了補救自己出言不遜，接下來的時間，她很用心介紹蒙古的地理風貌，還娓娓細述蒙古的草原風光、人文生活與歷史典故。

「成吉思汗是個大英雄，你們蒙古人必然以他為榮。」麥巴倫趁機入楔。

戴小康嗤之以鼻，說了很有見地的意見：「與其說以成吉思汗為榮，倒不如說以勝利為榮，成吉思汗與東條英機的差別只在於結局。」之後，戴小康將話題轉到日本侵華，麥巴倫好幾次刻意將焦點拉回蒙古與孛兒只斤家族，戴小康都興趣不大，沒過敏也沒避諱，麥巴倫實在看不清她的底蘊。

* * *

包頭之名正是出自成吉思汗之口。

相傳成吉思汗西征途經九峰山（今土默特右旗境內），見鹿群在泉邊飲水嬉戲，成吉思汗隨手引弓射中一頭。鹿負傷向西飛奔，成吉思汗與士兵緊追不捨，追至九原郡轄地內一棵高大的柳樹前，鹿伏在地上轉眼不見了，眾人驚惑。成吉思汗命令部下挖地三丈，赫然見樹根盤根錯節成鹿的形貌，成吉思汗驚訝不已，脫口大喊：「包克圖！」漢語意思為「有鹿的地方」，即奉其為聖物，率全軍參拜。包頭由此得名。

旅行團抵達包頭市之後，戴小康買了很多東西，她說全是帶回家鄉給媽媽和弟弟，有吃的、用的、玩的，合共花了一萬多，出手豪爽極，付款的時候也沒考慮多少。麥巴倫心想，她不是說家鄉很窮嗎？荷蘭人又說她收費廉宜，何能這樣闊綽？於是漫不經心地撩動她：「你在導遊以外一定還有別的收入。」

這一次麥巴倫成功正中她的要害，戴小康臉色霎時一紅，慌忙說：「我儲了很久才有這麼一點錢買東西，起碼儲了半年。」語氣虛假生硬。

由於戴小康的反應可疑，麥巴倫覺得可以乘勝追擊：「你買的東西很多都屬奢侈品，而且你說當導遊是為了交朋友、為了自由自在四處玩，似乎不在意金錢，你又說蘇尼特左旗只會是貧農基地，你肯定是當地富戶。」

麥巴倫戳中戴小康的死穴，她閃避了，眼神充滿戒備，明顯害怕別人知道她有錢。儘管是一個萍水相逢對她一無所知的人，只要觸及她的家財都會極度不安，那表示她的財富來路不正，作賊心虛。

麥巴倫跟隨戴小康的旅行團去呼和浩特遊覽了兩個景點，接著向東走到蘇尼特右旗。在戴小康的協助下，麥巴倫跟隨大隊入住同一間酒店。他隨即找約爾通報最新情況。

約爾吃驚不已：「你們竟然遇上，怎麼可能啊！這次巧合對我們很有利，因為我們今天尋到戴小康的家，打聽到很重要的事，施詩計劃在明天早上做進一步行動。你跟隨戴小康的旅行團，可一路監視她的動向，確保我們的行動穩穩妥妥。」

「別亂來，你們明天要做甚麼？」麥巴倫大驚失色。

「一時很難說明白，事實上我也難以預測明天會發生甚麼事。你只管跟戴小康到處玩，我折返包頭才跟你會合。」

說好了之後，麥巴倫盡量放鬆心情，舒舒服服洗個澡，然後專心處理航天局的工作，為了準備其後的塔克拉瑪干沙漠之行，他需要參閱大量該地區的資料和數據。

差不多十時許，房間的電話響起來，是戴小康。

她一開口就連連道歉：「對不起，深夜打擾你，真的很對不起。我家裡有事急著處理，我已安排另一位導遊帶你們去玩，她叫小于，明天你只管依時在酒店大堂集合就可以，我會趕在去呼倫貝爾之前歸隊。」

麥巴倫頓時陣腳大亂，叫問：「你要去蘇尼特左旗？」

「對。」戴小康的答案簡潔卻震撼。

這下可完全打亂麥巴倫和約爾的計劃，他沒時間多想對策，隨口就說：「我跟你一起去。」

「甚麼？」戴小康不明白麥巴倫的要求有甚麼意思，很不耐煩，「蘇尼特左旗枯燥乏味，而且我要處理家事，沒時間招呼你。」

「我一直想去蒙古的荒郊做地質考察，你只須帶路，不必招呼我。」

戴小康當然不願意，沒好氣地說：「我約了出租車明早五時半出發，你何必放棄休息時間？你要去蘇尼特左旗我改天為你安排。其實蒙古有更值得你研究的地方，待會兒再給你介紹，你早點休息吧。」沒等麥巴倫說甚麼，戴小康已掛線。

麥巴倫呆想了一陣子，立即轉告約爾，提醒他務必小心，可是發出的訊息一直沒成功傳送出去，使麥巴倫憂心忡忡。

該怎麼辦？

第八章　蒙古包裡的金礦

施詩、薛靈璋和約爾的出租車到步時，在蘇尼特左旗接風的兩個人已等候多時。一個看來五十歲但實際上三十出頭的地道蒙古人做頭領，他的名字跟內蒙古一個大草原同樣叫巴爾虎；另一個是地道蘇尼特左旗居民，叫必格勒。

巴爾虎上下打量約爾和薛靈璋，向施詩說：「張總吩咐我帶你們去井東那邊找一個姑娘，我找來必格勒，他在蘇尼特左旗居住了二十年，家在井東附近，熟識那邊的大部分人，一定可以幫到你。」

施詩隨即問必格勒：「你認識一個叫戴小康的少女嗎？」

「戴小康，」必格勒笑了，「我當然認識她，因為他弟弟是井東最聞名的人，人人都知道他這個傻子。」

「傻子為甚麼會成為名人？」

「這個我要帶你親自到井東探聽，他鬧的笑話十天十夜也說不完，人人提起他的名字都要捧腹大笑，見到他的人都愛耍他一把。有一次他跟人們打賭，輸了要吃屎，後來他輸了，竟真的吃屎。他那麼笨，連戲弄他的人都可憐他。不過，近半年已沒有人再敢拿他取樂。」

「為甚麼？」

「因為他十分氣燄，會用金磚砸人，砸得人頭破血流。」

施詩不明白：「用金磚砸人是甚麼意思？」

「戴家很窮，其實井東因為地處遠郊，近年又因上流流入污水使水源污染嚴重，草木難生，放牧也難，所以經濟每況愈下，是蒙古數一數二的窮村子，戶戶家無長物。但有一天，戴小健跟戲弄他的人打架，他跑回家去拿出武器，竟然是一塊很大的金磚，他用力砸對方的頭，打得對方血流如注。」

「是金色的磚還是金造的磚？」薛靈璋插口。

「鄉下人哪裡懂得分辨。他自稱今時不同往日，他有很多黃金，是有錢人，不會再被欺負。」

薛靈璋用心聽了，向約爾翻譯他們的說話，兩人交換意見。她提出疑問：「其實我不相信戴小康得到的黃金是從成吉思汗陵墓偷來，一個遊牧民族不應該太看重黃金，存放大量金塊在祖先墓地並不合理？」

施詩也感到狐疑，猜測：「如果黃金不屬於陵墓的，想必是神祕集團給她的報酬，那團夥有怎樣的身分？為何看上她？她做了多少事才能得到大量黃金？那集團出手闊綽，是不是已經打開成吉思汗陵墓得了內裡的寶庫？」最後一個問題讓她覺得憂心，不過很快又推翻自己的想法：「如果成吉思汗陵墓已被開啟，約爾手上的畫再沒價值，她不必高興也不必跟我們見面。」

「戴小康已經富起來，何必待在窮村子裡？又何須做導遊賺錢？」約爾也來討論。

「當然是為了掩飾身分。」薛靈璋自以為聰明，她不忘嘲諷施詩，「施小姐正是如此，你看她表面是貝洛奇職員，卻另有服務對象。」

施詩懶理薛靈璋，向必格勒說：「小農社會，一村之內發生的事很難瞞得過左鄰右里，我們想去查問一下最貼近戴家的幾戶人，你有辦法嗎？」

必格勒的功能本來就是鋪橋搭路，他當然有辦法。

井東是當地居民的地道稱呼，因一口枯井而得名。該區大約有百餘居民，家家戶戶都不閉門，不是因為治安好，而是沒甚麼財物需要保護，盜賊請也請不來，唯有土撥鼠偶然從屋下的地洞闖入，牠們最後會成為蒙古人桌上的晚餐。

在必格勒的安排下，一群人來到一間破舊小屋。戶主雖然很窮，仍不失蒙古人熱情好客和渾厚的個性，招呼眾人入內，以珍貴的辣酒招呼他們。約爾淺嚐一口，差一點噴出來。必格勒跟這戶人家相識卻不相熟，他們一家三口，包括夫婦倆和一個十三歲的女兒。必格勒先塞五百元給女戶主，女戶主雖然清貧，卻並不貪心，只是想著女兒的學費，推搪了沒幾下便收下。夫婦倆都事先聲明，不能強迫他們回答不願答的問題，要不然寧願不要錢。

必格勒很識趣，友善示好：「我們是好人不是壞人，怎會強迫人說話呢？你們愛說便說，不愛說便不要說。」

戶主夫婦心裡舒服一些，必格勒加把勁誘導他們進入話題：「我的朋友都是歷史學家，來搜集資料研究成吉思汗。」

聽到成吉思汗的名號，戶主笑一下，雖然英雄早成白骨，顯赫的功績也不過是史書上的文字，然而鐵木真確是蒙古人心中的神，提到他，一般蒙古人都會很高興，也會覺得被尊重。

不過高興還高興，對方沒昏了頭，一語中的地問：「為甚麼到蘇尼特左旗問成吉思汗的歷史？蒙古境內有更多甚具研究價值的地方，這兒的資料並不特別豐富，我們也不是他的直系或分支宗族。」

必格勒正想答話，施詩搶在他前頭說：「你們的好鄰居戴家是成吉思汗的後人啊，你們不知道嗎？」

夫婦面面相覷，婦人很疑惑：「我們看著戴小康的父母遷移過來，他們原非蘇尼特左旗居民。戴小康的爸爸在世時跟我們無所不談，他說自己從大興安嶺那邊搬過來，那邊的生活條件比這兒更差。而且戴家早在曾祖父輩已改漢姓，他們漢化很深，你說他們是成吉思汗後代很奇怪呢。」

施詩繼續吹牛：「成吉思汗的後代繁衍極廣，有些已經改名換姓，更多被徹底漢化，有些後人甚至不知道自己是孛兒只斤家族的一分子。」

「你們憑甚麼認為戴家是孛兒只斤的人？」男戶主第一次說話。

「戴小康跟我女兒說的，她倆在北大是同學，她說自己也是最近才知道宗族源流。」

「怪不得戴小健常說他就是鐵木真，」男戶主笑呵呵，談到戴小健真是誰也不能不笑，「我以為他在胡謅。鐵木真如果知道自己有這樣笨的子孫不氣死才怪。」

「是成吉思汗的後人又如何？戴家一直很窮，戴老爹病了沒錢醫，在戴小康十歲的時候死了；小康的媽早幾年患了肝病，在床上痛苦得死去活來，連買止痛藥的錢也沒有；小康的高考成績全蒙古第一名，得了念北大的機會，省政府賞她一年學費，第二年沒錢交學費被逼退學。是成吉思汗的親屬又怎樣？生活一樣艱難。」婦人滿有同情。

「可是最近戴小健拿金磚砸人，是真的嗎？你說戴小健給你看過一塊塊金澄澄的磚，戴家無緣無故變得很富有。」

「確是這樣，」女戶主對當天發生的事記憶猶新，「我一生都沒看過那麼大、那麼多的金磚，我不確定是不是真的。那天小健被孩子們欺負，他忽然發狠，叫孩子們別再拿他取樂，他有很多金子，十分富有，不會再被欺負。要他的人不信，小健帶他們回家，我也有份跟著去，見他掀開地氈，底下疊著一堆金磚，也不知合共多少塊。有些人目定口呆，有些人伸手去拿，小健不許，在爭執之間，小健拿起一塊金磚直砸在其中一人額角，那人立即頭破血流。」

「後來怎樣？」薛靈璋聽得入神，「戴小康知道弟弟闖禍之後有話說嗎？」

「後來？被砸的人嚷著要找公安，戴小健被逮住，在派出所拘留十天，戴小康賠了錢又賠不是，大家就不再追究。」

「戴小康有沒有解釋為甚麼家藏大量金磚？事情極不尋常啊！」約爾接收了薛靈璋的傳譯，用英語提問。

「戴小康說那些不是真金，是她弟弟不知從哪裡弄來的玩具。」女戶主看著負責翻譯的薛靈璋一直笑。

「你們相信嗎？」巴爾虎忍不住多管閒事。

夫婦倆沒主意，他們如何懂得分辨金磚的真偽？按理說，如果戴家擁有大量黃金，何必繼續住在窮村子裡？看戴家的生活沒太大轉變，除了戴媽媽的病醫好了，吃的東西比從前豐富，也沒其他。其實小康有工作，賺到錢改善生活很合理，據說她專門帶外國人到大西北與東北地區旅遊，外國人富有嘛，她的收入必定可觀。

男戶主有些不安：「如果你跟小康是朋友，不會在背後問她的家事，為甚麼不直接到她家裡瞭解？」

施詩收斂一下過於進取的態度，裝出漫不經心，解釋：「我只想知道她說的話可不可信。」

「小康很篤實，我們眼看她從小就肩負起照顧父母、弟弟的責任，她從來沒有埋怨。無論生活多麼困難，她都很樂天，讀書成績又好。聽說她在大學念外文，英文、日文都會說，真厲害。對我們鄰居有愛心，不時給我女兒補習。自從有了好收入之後，還答應支持我女兒上大學，我女兒最崇拜她。」婦人力陳戴小康的優點，施詩不耐煩，道謝後領著眾人離去。

走出屋外，施詩問必格勒：「金磚砸人的事發生在多久之前？」

「大約半年前吧。」

時間很吻合，戴小康在差不多時候找上貝洛奇。

「看，前面門楣掛著弓箭那戶的小孩，就是當天給戴小健砸得頭破血流的那個，也要問一問嗎？」

必格勒用了十塊錢已逗得男孩乖乖說出當日的事發經過，男孩甚至找來當天在場的玩伴，希望一起賺錢。不過，鄉下孩子從沒見過真正的黃金，大家都只能說見到戴家的地氈下有許多許多金澄澄的磚頭，也許有二十塊，也可能不只此數。戴小健對孩子們說，這些金磚他要多少有多少，如果有人逗得他高興，給他一兩塊也不難。

「你逗他呀，」巴爾虎笑道，「讓戴小健給你一些。」

「戴小健是傻子，他姐姐可不是，誰欺負她弟弟她要誰好看，我們不敢惹她。」

「她姐姐經常不在家，你去戴家玩耍時為甚麼不要求看看他的金塊？」

「有呀，事後有一次我說想看看他有多少金磚，他很沮喪，原來小康把所有東西藏起來，再不許他碰。」孩子想想又道：「他說是因為他才有金磚，姐姐卻把它們沒收了，他生他姐姐的氣。」

「為甚麼因為他才有金磚？你們不覺得奇怪麼？」

「當然覺得奇怪，所以人人都爭著問他有甚麼本事帶給姐姐金磚。不過說也奇怪，平時他口沒遮攔、衝動得很，這一次想了又想，還是忍住不說。」

施詩跟巴爾虎打眼色，前者轉換表情，堆滿笑意，鄭重向孩子們宣布：「其實，戴小健發現了寶藏。」

孩子們茫然瞪眼睛，不太懂施詩的意思，他們也許聽過「寶藏」這個詞語，但對於寶藏有些甚麼沒有很實在的概念。其中一個孩子問：「你怎知道他發現了寶藏？」

「我是他姐姐的朋友，我聽她姐姐說過寶藏的事。我以為她在說笑，但你們人人都說戴家藏滿金磚，看來那是千真萬確的了。」

孩子們依然沒有太大反應，他們壓根兒就不明白「發現寶藏」的意義，另一個較率性的孩子問：「寶藏裡有些甚麼？」

「當然是金銀珠寶。」

「那麼說，戴家應該很富有，可是他們仍住在舊屋裡，小康還要當導遊賺錢，為甚麼呢？」

「這正是我想知道的，所以拉著你們問。不過我猜想，戴家怕被人發現祕密，所以裝窮。你們究竟知不知道甚麼是寶藏？如果你們也找到寶藏便可以脫貧。雖然我是戴小康的朋友，但我覺得她應該把寶藏的祕密說出來，大家是同村的人，要有福同享啊！」施詩笑著搧風點火，樣子邪惡。

孩子們更加迷惘，互相對望，他們思索施詩的話。年紀最大的一個問：「怎樣才可以知道寶藏在哪裡？小健一定不肯說。」

「我可以教你們怎樣套取戴小健的祕密……。」施詩教了孩子幾招，然後催促他們立刻行動。

孩子們很興奮，一哄而去，直奔向戴家，而施詩與助手緊隨在後，準備收割成果。薛靈璋與約爾雖然不屑施詩所為，這時候也只能任她擺布，亦步亦趨跟上去。

* * *

第二天破曉，薛靈璋、約爾和施詩在巴爾虎、必格勒和三個壯漢陪同下，帶備工具向努格斯河畔出發。薛靈璋和約爾相當忐忑；巴爾虎和必格勒也不是沒有憂慮，一再向施詩表示如果掘到不該掘到的東西，又或是有被發現的危險，行動立即停止。

一路上，約爾力勸施詩不要魯莽：「如果那個地方真有重要祕密，附近必定有人監視，只要我們一動手，等於向他們宣戰。」

施詩卻滿有把握：「我有兩手準備，一是派人緊盯戴家；另外，巴爾虎已經給我安排站崗的人，只要一發現有人走向努格斯河，我們立即收手，掘到天黑前沒有發現也會收隊，總之絕不勉強，把風險減到最低。」手提電話在這裡沒用處，唯有用最原始的方法通傳。

眾人步行接近兩小時，終於在一望無際的曠野上看到遠方有幾個塌了的、殘破不堪的蒙古包。走近一點，點算到合共八個。再走了好些時間，眾人終於站到蒙古包前。薛靈璋和施詩早已氣喘如牛，約爾則興致勃勃，圍著蒙古包團團轉。當然，單憑外表誰也看不出甚麼來。

「就是這裡？」周遭平平無奇，讓薛靈璋很失望。

「就是這裡。」必格勒四周打量，讚賞戴小康：「虧她想到這種地方，你們也看到沿路沒有草原，沒有人家，河水被污染，還有鬼怪傳說，一個月也未必有一個人經過，戴小康既聰明膽子又壯。」

「事不宜遲，開始吧。」施詩一聲號令，幾個漢子先撐起塌了的蒙古包，接著鑽進去用力在地上鋤呀鋤。半小時過後，其中一個蒙古包內的工人激動叫喊：「看呀！是金磚！是金磚！」叫聲驚動所有人，立即，他們看到約一米的深坑內，堆疊一塊又一塊金光閃閃的東西，從外表以至重量，都使人相信這是貨真價實的黃金。

「每一塊可能有兩至三公斤重。」約爾拿起其中一塊比量，訝異地對薛靈璋說，「如果是純正的黃金，一塊已值幾萬美元，看……」他指點著長闊高均排列成五行的金磚，駭然得啞了嗓子，說：「單是這一個坑，已埋藏了一千萬美元。」

所有人都被眼前所見的懾住。約爾和薛靈璋不安地交換意見，這樣一個金庫被發掘了會有甚麼後果？如果在場這些善惡難辨的人都動起貪念要搶奪黃金，他和薛靈璋該怎樣應付？當甚麼事都沒發生然後盡速離去？他們有離去的機會嗎？荒山郊野，殺人滅口輕而易舉，危險已經悄然而至，兩人下意識互相靠近爭取安全感。

就在眾人互相猜疑的時候，施詩叫嚣起來：「成吉思汗陵果然就在這裡，我們不枉此行，大家都不枉此行。」

有人比約爾和薛靈璋更害怕。

「是成吉思汗陵的財寶？」巴爾虎和漢子們滿腹狐疑，前者驚問：「成吉思汗陵在這兒？」

「我們就是知道戴小康掌握成吉思汗陵墓的祕密才來到蘇尼特左旗調查。據聞戴小康一直協助省政府的幹部做見不得光的事，所以我們誰也不能把黃金帶走，更不可以向別人透露今天的發現，否則，省政府的人一定不會放過我們。」施詩何嘗不擔心場面失控，試圖利用成吉思汗和政府鎮壓人性的貪念，教眾漢不敢輕舉妄動。

約爾和薛靈璋看到漢子們流露的表情是慌張、擔憂而不是貪婪，心裡稍寬。

「走吧。」必格勒膽子最小，他深信施詩的話，除了貪贓枉法、走私舞弊的政府大官，誰可以擁有眼前一切？他弱弱地道：「我們惹不起這個麻煩。」

「待會兒把一切還原便不會有人知道。」施詩一手硬一手軟，見他們膽小便給予鼓勵：「我很想知道到底有多少黃金，繼續到其他蒙古包掘下去，我給每人一萬。」施詩低聲在巴爾虎耳邊說：「我給你五萬。」

施詩同樣不認為金礦與成吉思汗有關，因為黃金對皇帝來說太平凡。

漢子們用眼神詢問巴爾虎和必格勒，巴爾虎毅然點頭說：「點算好有多少金塊後立即把現場還原就可以走，我保證你們不會惹麻煩。」

各人盡速挖出坑內的金塊，每個坑都發掘了，八個坑共有一千塊同等形狀和重量的金磚。

「放好它們，把一切還原。」必格勒很心急想了結事情。

薛靈璋默默看著價值數億人民幣的黃金重歸塵土，完全不懂做反應。身旁的約爾比她冷靜，低語：「戴小康在拍賣會上能用上幾千萬買一個花瓶，她的財富當然驚人，幾億之數在想像之內。」

薛靈璋百思不解：「為甚麼是黃金？有特別原因嗎？他們的黑市交易用黃金買賣？很不方便啊。」

眾漢在蒙古包內奮力行事，旁觀的人都陷進胡思亂想，以致外面有人闖進來的時候把眾人嚇個半死。

原來是把風的人，他氣急敗壞通報：「有人向這邊走來，怎麼辦？」幸好土坑差不多復原，可是四周無處躲避，除了留在蒙古包內沒有更好的藏身之處。

「有多少人？是牧民嗎？」巴爾虎深鎖眉頭。

「一男一女，男人是老外，女的很年輕，似乎是本地人。」

說到老外，大家的視線轉向約爾。約爾聽把風的人形容老外束了大鬍子，就向薛靈璋歡呼：「一定是麥巴倫！」然後衝出去迎接好友，薛靈璋立即緊緊追隨。

把風的人反應十分迅速，一男一女其實仍在遠處。薛靈璋愁問：「你知道女的是誰嗎？太多人參與不太好。」

「可能是麥巴倫的同事，又或許是給他帶路的人。」約爾側頭凝思，奇道：「麥巴倫怎會知道我們在這裡？」

眼力好的巴爾虎開始見到遠處的黑點，然後黑點越來越清晰、越來越大，再過二十分鐘，容貌已可辨認。施詩霎時面色驟變，質問巴爾虎：「你的手下怎麼搞？叫他們監視戴家的一舉一動，卻竟然不知道戴小康回家了，現在可糟糕！」她焦急不已，頓足叫嚷：「她明明說在新疆帶團觀光，怎麼突然出現。」

施詩和薛靈璋清清楚楚看到戴小康一步一步踏著怒意而來；約爾則迎上麥巴倫，麥巴倫不像好友般興奮，反之表現得沒精打彩、相當尷尬。

終於，戴小康停在施詩面前，兩人近距離以眼神對峙。前者的眼神極度陰沉，絕不像她跟施詩在貝洛奇見面的時候，也不像麥巴倫在北京機場遇上她的時候那樣明媚開朗。人心太險惡，戴小康覺得憤怒又難過，她只不過想替朋友買一幅畫，卻招來一批惡棍挖她的祕密，真的太可惡！

十個男女就在曠野的微風中僵立，各有盤算，各有疑慮，除了風聲、鳥鳴、水湍再沒別的聲音。

約爾率先打破沉默，悄聲問麥巴倫：「誰告訴你我們在這裡？」

麥巴倫擠出一個苦笑，指著戴小康，訕訕地說：「我隨她而來。」

施詩抽一口涼氣，換過嫻熟的虛偽，意態悠然地道：「戴小姐你好，我找到你要的東西。」

戴小康冷笑：「你找到我要的東西還是你找到你要的東西？」

施詩聳肩裝傻：「我不知道你是甚麼意思。我協助朋友來做環境考察，這條河被污染了不是嗎？這位約爾・康德醫生想抽取河水做化驗。」

戴小康仰天大笑，一個高傲又高貴的女士，在窘迫的時候都免不了說低級謊話。她回眸看麥巴倫一眼，嘲諷：「蘇尼特左旗何曾被科學家如此關顧過？蒙古被污染的地方你們探之不盡，為甚麼偏偏挑選努格斯河？」

當約爾弄明白來者就是戴小康，跟麥巴倫交頭接耳：「究竟發生甚麼事？你不是跟她在蒙古旅遊嗎？」

麥巴倫沒好氣，原來事態在那天晚上突然急轉直下：「戴小康忽然說要返回蘇尼特左旗處理家事，我只好硬著頭皮隨她而來……」

*　*　*

那天晚上，麥巴倫沒有睡，一早守候在酒店大堂。戴小康見到他很生氣，嗔道：「你跟著我幹甚麼？我弟弟失蹤了，我要去找他，沒時間招呼你。」

麥巴倫厚著臉皮撒謊：「我想看蒙古真實的一面，一般旅遊景點不合胃口。」他覺得自己的說話毫無說服力。

戴小康拿他沒辦法，她心急上路，沒時間跟他糾纏，只好由得麥巴倫跟隨。旅途上，麥巴倫沒再旁敲側擊要打探甚麼，欲速則不達，在見到約爾之前，他不能輕舉妄動，他一直逗戴小康談蒙古的地理風貌。不過，冗長的對話裡有兩點使麥巴倫特別深刻：一是她經常問麥巴倫信不信有外星人；按理說，一個生活在鄉間的女孩，怎會在這方面充滿幻想，她在大學裡也不是修讀科學。其次，當她談到成吉思汗時深惡痛絕，再次批評他殘暴好戰、殺人如麻、視人命如草芥，只是一個極度貪婪的掠奪者，枉稱英雄。

麥巴倫質疑：「你究竟是不是蒙古人？你似乎對祖宗充滿恨意。」

「我是蒙古人，但絕不推崇滿手血腥的殺人凶手。宇宙間只有地球人會視暴虐者為英雄，當然，那是指成功的暴虐者，像希特勒或東條英機就會遺臭萬年，因為他們失敗了。英雄？戰犯？他們的所作所為有何不同？」

顛躓了幾小時，終於來到蘇尼特左旗。才步入村口，一個梳辮子，約十二三歲的女孩向戴小康奔過來，她見到麥巴倫立時停步，眼神充滿敵意。戴小康很機靈，叫麥巴倫在旁稍等，她和小女孩轉到一間屋子背後說話。

女孩向戴小康打報告：「不好了，有人打你家主意。昨天必格勒帶幾個人來我家，其中一個是老外，他們問了很多你家的事，尤其詳細地問小健用金磚砸人事件。我媽甚麼都說了，他們又四出向小孩子們查問。這些人一定不安好心。今天大清早他們帶了幾個漢子向努格斯河走去，又派人在附近緊盯你家，不知打甚麼壞主意。與你同來的老外會是他們的同夥嗎？」

戴小康即時毛骨悚然，沒想到竟然有這麼多人衝著她而來，她隻身獨力怎夠應付？

女孩見到戴小康害怕了，為她擔心：「向公安舉報好不好？」

戴小康雙腿一軟，跌坐地上喘息。

其實，她早該料到有此一天。既然那麼特別、那麼不可思議的事發生在她身上，就注定日子不能平靜。從大城市來的敵人很可怕，他們陰險狡詐、機心重重，最嚇人的是貪得無厭、不擇手段，自己無論見識和經驗都淺薄，憑甚麼跟他們對抗？

雖然她有靠山，一個很強大、很有力量的靠山。

想到背後的支持力量，戴小康的恐懼稍退。雖然她年紀尚輕，但從來不缺勇氣，要不然也不能夠在父親死後背負整個家庭的重擔。

深呼吸一下，戴小康拉著女孩的手說：「我知道他們要甚麼，我現在就去找他們。如果天黑之前沒見我回來，找公安報案，說努格斯河邊那荒廢的村落有事發生了。」

女孩用力點頭，她當然願意為她敬愛的戴大姐出一分力。「你真要一個人去努格斯河邊？很危險啊！」她抹不走焦慮與不安。

「不怕，我不會跟他們硬拚，我有辦法解決他們。」戴小康很快擺脫恐懼，一躍而起。

商量妥當，兩人從屋子後鑽出來。戴小康對麥巴倫說：「我現在帶你去一個很有價值的地方勘察好不好？」

「你不是要找你失蹤的弟弟嗎？」麥巴倫已察覺戴小康的表情和語氣都異於剛才。

戴小康皮笑肉不笑，冷然道：「還裝甚麼傻？你的先頭部隊早已採取行動，我想你會心急會合他們。」

麥巴倫對戴小康充滿歉意：「我沒裝傻，只是不知道從何說起。」

戴小康不想再聽廢話，一招手，喊：「跟我走，你很快可以跟你的朋友們見面。」

為了避開守著她家門的人，戴小康繞道向努格斯河走去。

第九章　食人井

施詩自知理虧，對戴小康的責難忍氣吞聲，和顏悅色地道：「我們絕無惡意，只想跟你合作。」

戴小康勃然大怒，跟這些人有甚麼好合作？斥喝：「有話直說，別賣關子。」

「我們手上有你要的畫，希望能參與有關那幅畫的一切行動。」施詩的語氣更加溫婉。

戴小康不明所指：「哪有甚麼計劃？畫是朋友託我尋找，你找到了，我問他要錢付款給你，交易就此完成。」

「那幅畫是無價的，連我們貝洛奇的古畫專家薛小姐也不知該值多少，最好讓我們參與行動，否則我不一定將畫交給你。」

「想不到貝洛奇這樣經營生意，太使人失望。還是你們在暗裡做鬼？我一定會投訴你！」戴小康裝凶作勢，可惜脫不了孩子氣。

施詩掩嘴大笑：「與成吉思汗陵相比，貝洛奇算甚麼。」

戴小康憤怒得雙拳緊捏，蒙古包下的黃金應該被他們發現了，他們要脅分享她的財富，所謂考古學家、科學家和醫生，根本全是強盜！環顧四周，全都是施詩的人，她沒有可以求助的對象，在這種情況下，自己必須沉住氣，不能頑抗。

因為生氣也因為害怕，戴小康嚇出一身冷汗，汗水從額角滑到頸項再向下直流至掌心，她一生都沒有被包圍的經驗，感覺可怕難受，汗水沿指尖滑落，最後滴落泥土裡。

嚥一口唾沫，她強裝鎮定，不慌不忙地說：「我答應你們，讓你帶走你掘到的所有，一點也不剩，然後我再付買畫的錢，懇請以後別再找我麻煩。」

「我不想找你麻煩，」施詩的聲音變尖，她看出戴小康心神不定，於是乘虛而入：「我羨慕你有此奇逢，你獨自將祕密收藏，心理壓力很大，讓我們一起參與豈不更好，薛小姐和她爺爺是宋元文物專家，能成為你的助力。」施詩示意薛靈璋附和她。薛靈璋躊躇一會，勉強和應：「戴小姐，你們若沒有足夠的專業知識，處理不了這麼重要的發現，何不讓我們助你一把？」

戴小康一呆，不知何以施詩曉得她「有此奇逢」，也為薛靈璋知道她有所發現而心虛，身體不自覺向後一縮。此刻，她的腦子亂作一團，只能強撐：「我不懂你們說的話。」

施詩看到戴小康退縮，咄咄相逼：「讓我們加入開發成吉思汗陵，不管有多少人在你背後，他們不一定具備足夠的專業知識，也不一定知道文物的真正價值，那會把事情弄得一團糟。」

施詩已第二次說到成吉思汗陵，戴小康摸不著頭腦，不過，如電光火石般一閃，她想起麥巴倫一路上向她詢問成吉思汗陵、財寶等莫名其妙的事，莫非這群人以為她知道陵墓所在？

施詩討厭她裝模作樣：「如果你覺得這裡人多不方便說話，可以到你家詳談。」薛靈璋則心急確認爺爺的推測，追問：「我想知道它的位置，是不兒罕合勒敦山？鄂爾多斯？瀘溝河畔？甘肅清水？還是在蒙古國境內？」

戴小康向薛靈璋怒目而視，縱觀在場的所有人，個個面目猙獰、全都不是好東西，遠渡重洋來破壞她與世無爭的生活，完全不懂得尊重別人。薛靈璋說到的一大堆地名引導戴小康閃出一個念頭：這一趟去烏魯木齊認識了一個很有趣的老導遊，他有說不完的奇聞，有一處地方，她聽了就很想去看看，這回可有伴。

她為自己的鬼主意感到緊張，戴小康從沒有害人的心，這回是她生平第一次立心害人，所以心跳又亂又急。

「好吧。」她翻白眼又深呼吸，然後表現出無可奈何的樣子，佯裝向施詩屈服，「看來你們不達目的不肯罷休，好吧，我們可以合作。」

施詩和薛靈璋大喜過望，戴小康比預期的好說話。薛靈璋的臉因激動而漲紅，而施詩則聲音亢奮，聲線更加尖銳：「太好啦！我們需要跟你的老闆見面嗎？」

老闆？又是一個使戴小康不解的名詞，但不要緊，總之這幫人愛怎麼猜她就怎麼說話：「我的老闆不會隨便見人。你可以跟我去墓穴勘察一次才決定是否跟我們合作，你們要有心理準備，過程一點也不容易。」

「墓穴在哪裡？」約爾和麥巴倫異口同問。

「在羅布泊的白龍堆，白龍堆在樓蘭附近。」戴小康再一次深呼吸，決定要他們付出代價。

「羅布泊？竟然是羅布泊。」薛靈璋幾乎想立即撥電話給爺爺，她自問自答，「好像從沒有人猜過在這裡。」接著又自圓其說，正是沒有人猜想過，就更符合成吉思汗陵的神祕性。於是，她又跌在美好的幻想中，幻想自己快要打開千古之謎、快要成為震撼全球的觸目人物，爺爺一定為她的成就感到驕傲。

「甚麼時候啟程？」她恨不得插翼飛去白龍堆。

「隨你喜歡。」戴小康說得輕鬆隨意，臉上卻流露陰惻惻的笑容。

＊　＊　＊

羅布泊位於新疆東面，地近甘肅，橫亙塔里木盆地的塔克拉瑪干沙漠之東。歷史上，塔里木河、開都河、孔雀河、車爾河等南疆地區著名河流都曾經向羅布泊注水，該處曾是個草木繁茂、水鳥成群、生機勃勃的園地；不過許久之前，此窪地已完全乾涸，科學家都不能解釋原因。總之這個曾經煙波浩淼的水澤，現在成了詭譎迷離的境界，荒蕪得成為核子試驗的理想場地。

古往今來，羅布泊湖的地理位置有多個不同說法，二十世紀初，發現樓蘭古城遺址的瑞典著名科學家斯文赫定說它是個游移的湖。據近幾十年各方考察所知，因為向羅布泊注水的河流改道，才使羅布泊出現不同位置。總之，今天的羅布泊沒有水，只有死亡氣息，由於危險性高，需要得到政府批文才可進入。

若說羅布泊地區充滿詭異和謎團，那麼身處羅布泊的樓蘭就是引發詭異氣息的核心，也是謎中之謎。

樓蘭曾經燦爛，據考證，城內有居民一萬四千、軍隊三千人，是史書和詩詞歌賦傳頌的名字，亦是絲綢之路的交通樞紐，漢朝以後卻再沒記載，竟然就此無緣無故消失。直到如今，人們依然無法知道讓一個古絲路重鎮覆亡的真正原因。

談到樓蘭，通常會聯想到「神祕」、「詭異」、「謎」這一類形容詞。傳說當然很多，卻終歸只屬傳說，沒有誰能拿出有力的證據考證謎團。那個不是一般人能親近的迷幻國度，由於自然環境惡劣，她可能比世上任何一處更接近地獄，卻意想不到地成為全中國門票最昂貴的遊覽景點。

羅布泊地區處於沙漠中，每年十月最平靜，六月則是死神盤踞的時刻，溫度高達四十六，地表沙溫超過七十，當熱浪湧現，幻景迭出，人類根本無法行動，空氣似乎劃根火柴就能燃點，蠟燭會融化，車廂會被燙得變成火上的鍋爐；除此之外，沙暴達七八級以上，鋪天蓋地的風沙刮起來使人無法聽到別的聲音，不能用言語溝通，耳鼓也有可能被震裂，腦子脹痛發麻，機器會失靈。多少立志勘探這個鬼域的科學家、旅行家和探險家都埋骨其內，死因往往神祕恐怖。

如此讓人九死一生的地方，貪得無厭的人說去便去，證明他們已被貪婪蒙閉。臨出發前，施詩跟麥巴倫和約爾有過爭執。

「羅布泊曾經是核試驗場，就算要去也該選擇十月最好天時才去。」約爾覺得安全最重要。

「羅布泊最後一次核試於一九九六年，已經很久之前。現在才四月，我不想等，戴小康隨時改變主意，她要我們先把《聚魂之地》賣給她，所以應該趕在六月惡劣天氣來臨前出發最好。」施詩堅持己見。

這一回，麥巴倫竟然支持施詩：「羅布泊是其中一處磁場神祕消失的熱點，戴小康曉得磁場神祕消失的事，或許成吉思汗陵與磁場和臭氧層變異有關係，我也心急去看看。」

薛靈璋也贊成：「無論甚麼時候去羅布泊都很危險，只要我們做最好的準備就可以了，很多考察隊、考古學家長年累月在該區工作，他們不是很好嗎？最近甚至有賽車活動舉行。」

戴小康冷然聽著他們爭論，適時推波助瀾：「羅布泊不是鬼域，樓蘭還是個旅遊景點，平民百姓都來來往往，你怕甚麼？我會負責安排政府批文和可靠的嚮導，麥巴倫說他本來就要去塔克拉瑪干沙漠的不是嗎？想必他對沙漠也有一定瞭解。」

少數服從多數，約爾唯有接受。薛靈璋喜孜孜地問戴小康：「《聚魂之地》是陵墓的路引，我們需要帶它同行嗎？它被保存在香港的貝洛奇。」

戴小康揶揄她：「你以為陵墓入口似提款機？將畫插進狹槽然後按入密碼墓門就會打開？如果必須那幅畫才找到墓地，我還可以說自己知道祕密嗎？」她只盼這些人儘早消失，不想節外生枝。

戴小康乍聽說得有理，所以薛靈璋很疑惑：「既然那張畫沒有用，你們何必出高價四處搜尋？」

「我只說畫不是打開墓穴的鑰匙，沒說它沒有用。走這一遭為了視察環境而非深入墓穴，所以不需要它。」

「你的老闆知道我們的行程嗎？他同意了？」施詩渴望認識戴小康的老闆，她以為自己的團夥實力頂級雄厚，很難想像國內尚有更強大的集團。

「老闆知道了，同意讓你們先看看情況。」戴小康胡謅，挑釁各人，「也許你們視察過環境後知難而退，那就甚麼都別談。」

羅布泊之行有了定案，下一步就要商討行程細節。

戴小康打開新疆地圖指示：「正確來說，目的地在羅布泊樓蘭附近一個叫白龍堆的地方，成吉思汗陵的入口於白龍堆範圍內的一口古井裡。」

白龍堆為羅布泊赫赫有名的景觀，橫臥於羅布泊東北，東西闊約二十公里、南北長約八十公里，面積達一千六百平方公里，為樓蘭東面一道天然屏障。由於風蝕，此地形成一道風蝕崗阜接一道風蝕崗阜，一直排到天邊盡頭，遠看像極臥在沙漠中的一條長龍，此地是往樓蘭的必經之路。沙漠地區本來就不宜行人，白龍堆一帶炎熱、乾旱、風大的劣況比沙漠任何一處都嚴峻，無怪古時經絲路行商的旅客一聽到白龍堆就心驚膽戰。

誰都知道羅布泊和樓蘭很神祕，然而這神祕之地最神祕的一點卻不是太多人曉得，而當地人卻聞之色變。戴小康在新疆的旅途上跟羅布泊人阿樂的爺爺交了朋友，才知道那裡有個怪不可言的食人井。

食人井在白龍堆的中段位置，茫茫沙海中無緣無故開一口井本來就很奇怪，更奇怪的是任黃沙浩瀚，刮起沙浪層層，井口也不會被掩埋，甚至連一粒沙都不會掉到井裡。這麼奇怪的現象，自然吸引無數考察隊和探險家來鑽研，同時亦有無數考察隊員和探險家葬身井腹。

阿樂的爺爺說，深入井內的人，有的說見到海洋，有的說見到井底是一座金碧輝煌的宮殿，有的發現井底疊滿黃金，有的發現小村落……。不過，這些自稱看到異象的人最後都沒再爬上來，同伴只憑對講機聽到他們這麼說。奇中之奇者，不是每個爬進井底的人都消失，某些勇敢的探險隊員眼見同伴失去聯絡，奮不顧身下去救人，但他們甚麼都沒看見，沒有寶藏、黃金和宮殿，也沒有人，只不過是一口深約十二米的枯井，探入井底而沒看見異象的全都可以平安返回地面。

當這樣的奇事發生一樁又一樁，故事便傳揚開去，人人都說這一口井吃人，吃的盡是貪心的人，如果下井的時候懷著貪念就會被害。當然，失蹤者是否淨是貪心人只有天曉得。阿樂的爺爺乃當地僅有的識途老馬，自他退休之後，再沒有人擔任白龍堆的嚮導。

戴小康對食人井有無窮幻想，希望爬入井內看看，她覺得自己並不貪心，一定可以平安出來。她要求阿樂帶她去食人井見識，阿樂不肯，他說除了有完善設備的探險隊，尋常百姓都不敢接近食人井，更別說爬進去。今次，她計劃拿施詩、薛靈璋、約爾和麥巴倫一行人做實驗品，一來利用他們張羅足夠的設備，二來戴小康想知道這些貪婪的人潛到井底會見到甚麼。無論見到甚麼都好，他們都會永遠消失，這幫人貪心得連蒙古包地下的黃金都滿足不了，活該葬身井底。

當戴小康說到沙漠的一口井就是目的地，麥巴倫怦然心動：「一口井？誰挖的？千百年來竟然沒被黃沙埋葬？」

戴小康早料他有此一問，回話：「一口平凡的井又怎配做成吉思汗陵墓的入口？這口井當然非比尋常。」

薛靈璋跟麥巴倫不同，在她心裡，成吉思汗陵本應充滿神祕，越不可思議越合乎情理，信心就越大。她義無反顧，一臉渴求地問：「我們可以怎麼走？」

戴小康在地圖上比劃：「穿越羅布泊進入樓蘭一帶的路線有兩條：一是依循古代絲綢之路，

從敦煌出發，穿越羅布泊；另一是從烏魯木齊出發，穿過庫魯克山，到達孔雀河北岸，然後越過乾涸了的孔雀河河道。我們將選擇第一路線，到敦煌後沿疏勒河走，要途經的沙漠地帶不會太多。這一次旅程的目的是到入口看看，待大家視察過食人井裡的情況之後，我們再探討如何開發陵墓。」

「你每次進入成吉思汗陵都很順利嗎？你有甚麼裝備？」發問者是約爾。

這下可把戴小康問住，對於安排裝備她一竅不通，但她知道自己絕不能猶豫，因為必定惹來對方猜疑。

「裝備由你們負責，我從來都不用擔心這個，我只須跟隨大隊進去。」戴小康語氣配合表情，非常堅定。

「大隊？即是那一路人馬？」施詩扮作輕描淡寫，引誘戴小康洩露口風。

「不關你事。」戴小康看穿她的心。

「當然關我的事，我總得認識我的合作夥伴。」

「認識我就行了……」戴小康有心跟施詩為難，最愛跟她伴嘴。

約爾和麥巴倫不耐煩，兩個女人吵嘴，夾在中間的男人一定很苦惱。最終由薛靈璋打圓場：

「還是商量旅程的事。」

戴小康的目光轉向麥巴倫，指揮若定：「你是科學家，這裡算你最懂得科技，我會提供羅布泊的詳細資料，由你們負責張羅用品。」

接下來數天，一夥人先飛往北京購置裝備。戴小康早前丟下旅行團趕回家，是為了找尋離家幾天未歸的弟弟，及後戴小健又回來了，她就放心上路。雖然她經常離家工作，可是這一次不是普通旅程，她要探索一個詭祕莫測的地方，心裡又害怕又盼望。臨行前一再叮囑弟弟：「不要再四處亂跑，我拿了兩塊金磚回來藏在飯鍋後面，千萬不要像上次那樣拿來砸人呀。還有，如果媽媽有事，去找『他們』，求『他們』幫助，不過切莫告訴別人『他們』的事，人們一定會把你看作瘋子，將你關進監牢。」

「切莫告訴別人『他們』的事，人們一定會把你看作瘋子，將你關進監牢。」這幾句話，戴小康每次出門都要說上幾遍，世上只有她和戴小健知道「他們」是誰，連媽媽也不知道。戴小健用金磚砸人之後被關進牢房十天，這是他一生最可怕的經歷，被姐姐恐嚇之後相當害怕，從此乖乖聽話。

與母親短聚數日之後，戴小康依約到北京會合眾人然後出發往敦煌，再從疏勒河進入羅布泊荒漠。戴小康聘用兩個新疆人做嚮導，除了阿樂，還有他的朋友，艾爾得克的曾孫蒙非。

艾爾得克是誰？就是於一九〇一年為發現樓蘭古蹟的瑞典探險家斯文赫定當嚮導的維吾爾族人。許多人都說，第一個發現樓蘭遺址的人是艾爾得克而不是斯文赫定，艾爾得克在探險旅程中與斯文赫定失散，誤進樓蘭古城，在絕境掙扎之際仍不忘尋找斯文赫定，瑞典人若沒有艾爾得克的拯救，早就死在沙漠，還怎可以名留後世？

眾人聽了蒙非的背景都很放心。羅布泊雖是鬼域一般的地方，卻是艾爾得克家族累世而居之處，加上阿樂輔助就萬無一失。六個人背著笨重的行裝上路。大家商量好了，鑑於蒙非瞭解白龍堆，而麥巴倫瞭解科學和儀器，旅途上就由他們擔任指揮。

大清早，人人滿懷雄心，浩浩蕩蕩踏上征途。可惜還沒過半天，麥巴倫和約爾不禁心裡叫苦，一向嬌生慣養的薛靈璋率先病倒，到了晚上，連施詩都說不行。在敦煌停留的時候，薛靈璋已顯得不習慣物資缺乏的生活，戴小康一而再地嘲弄她：「我們還是不要去，看你的樣子，一進沙漠就會立即死掉，甚麼都不會得到。」

薛靈璋當然不肯放棄，她覺得成吉思汗陵已經觸手可及，只要再跨一步，她會攀上事業的巔峰，她定當堅持到底。

為了遷就兩個女人，大隊走走停停，阿樂很擔心，好言相勸：「前路更艱難，帶她們返烏魯木齊找醫生吧。」

到了此時此刻，目標近在咫尺，戴小康比誰都更不想旅程中斷，她以退為進，對兩個女人說：「回家算吧，你們跟成吉思汗陵沒緣分，千古以來多少人找呀找，找了一千年都找不到，有緣人如鳳毛麟角，你們也不必難過。」

施詩與薛靈璋當然不服氣，不認為只有戴小康才是有緣人。依阿樂說，他們要去的地方雖然艱險，但歷來有不少探險隊順利完成研究工作，絕大部分人都安然而返，算不上九死一生的旅程。成功當然要付出代價，相比她們可以得到的回報，吃一點苦頭又算甚麼，而且她們已在好轉中。

「不要緊，只不過輕微發熱，我們有足夠的藥物。」兩個女人口徑一致。

在進入白龍堆的前一晚，大家將行程再放慢一些，讓兩個病人早點休息。事實上每天能行走的時候不多，當太陽一下山，溫度急速下降，必須立即生火取暖。

生起篝火之後，男人們負責紮營帳和煮食。在路上，約爾很留心戴小康的一舉一動，觀察了幾天，覺得她很純樸、率性而為而且堅強勇敢，這樣的人不應該擅於謀算，更不應和罪案聯想在一起；當然，參與犯罪行為的不一定是她，而是她背後的惡勢力，所以約爾跟麥巴倫經常互相提點，處處小心。

在滿天繁星的沙漠裡，大家在美麗的銀河下用餐。約爾和麥巴倫吃石頭一樣硬的麵包，幸好燒了熱水沖咖啡，喝了讓身心鬆弛，也暖和一些；而戴小康、阿樂和蒙非則一起品嚐新疆人特製的肉乾；薛靈璋草草吃點餅乾，服了藥，早就鑽到營裡睡覺；而施詩還撐得住，跟大家一起圍著篝火進食。

昔日觀星學會的兩位同學彷彿回到從前，約爾和麥巴倫懷著敬虔的心仰望夜空，一起讚嘆，一起做不著邊際的幻想。約爾說：「許久沒看到那麼扣人心弦的星空，我震撼得呼吸困難。」

「星空的美來自她的神祕，在中國大西北仰望星空加倍神祕，也就加倍地美。」

「為甚麼加倍神祕？」約爾不懂。

「你可不知道，中國西北一大片荒涼的地區上空，是發現不明飛行物體的熱點。日本、俄羅斯及中國本身都有大量報告指出不明飛行物體在中國西北有固定的飛行路線，大約在北緯三十至三十五度線，四川、西藏、雲南、貴州、新疆、甘肅、青海都處於這一區域。」麥巴倫在火光下寫了幾個書名，包括法國著名飛碟學者亨利・迪朗的著作，向好友極力推薦：「看了這些書，你會知道塔克拉瑪干沙漠、羅布泊的神祕並非浪得虛名。」略想，又說多一點點：「我本來有任務要去塔克拉瑪干沙漠，因為它最近成了磁場消失次數最多的地區。我們曾向中國政府通報，相關的部門表示不知道地磁消失，卻知道該區上空的臭氧層經常破洞後又自我復元，你說怪不怪？」

「大自然本來就變幻莫測，人類休想徹底瞭解。」約爾仰視星辰，心裡嚮往神馳。

「如果問題源於大自然，我們無話可說，不過真相並非這樣。」麥巴倫表情欲語還休，他隱忍得太久，終於守不住，說了憋在心裡幾天的祕密，「我跟戴小康到蘇尼特左旗的前一夜，細閱了航天局一批有關塔克拉瑪干沙漠的重要紀錄，發現塔克拉瑪干沙漠曾有兩次被極強的電磁波侵襲，強度遠超核試，航天局追蹤電磁波的發端地點，」他故作懸疑地停頓了許久，才挨近約爾，劇力萬鈞地說，「發端地點正是蒙古蘇尼特左旗的查干敖包。」

＊　＊　＊

這邊廂，戴小康正用心思量約爾早前提出的問題，她不能向外來者直說自己只不過受託辦事，其實對《聚魂之地》所知無幾。在這群自作聰明的人眼裡，《聚魂之地》是打開成吉思汗陵的關鍵，人人都認為她掌握這個關鍵，她必須故作神祕，讓這幫人去食人井當白老鼠。戴小康要引導他們帶著主觀願望入那口井，他們消失於井底的機會便大大提高。

人們都說，心中所想就是井中所見。

用餐之後，各人爭取時間睡覺。阿樂和蒙非都說，中夜一起風，颼颼的風聲將從遠而近趕到，然後在人們頭上呼嘯吆喝、淒叫哭號，使地動山搖，好像外面有幾萬個惡鬼、厲鬼要扯爛帳篷，教人膽戰心寒，再也睡不著，帳篷也要跟兩輛吉普車綁在一起才勉強隱得住。

驚心動魄地過了一夜，大清早又開始行程。出發之時，曉霧未退，夜色猶存，天空還灑著雪花，只是沒到半空便消失。羅布泊沙漠不會積雪，如果有積雪，沙漠就不是沙漠。於黃沙萬里的地區走，來來去去的景物都一樣，有時候會覺得自己原地踏步，偶然看到野駱駝的骸骨，使旅客更感不安。在烈日當空，氣溫升至四十多度時，行人很快又要停下來休息。薛靈璋最捱不得苦，每半小時就要休息十五分鐘，戴小康不耐煩，斥責她拖慢進度，兩個女人每半小時吵一次架。約爾跟麥巴倫吐苦水：「我們永遠不會到達目的地。」

「怎麼不會？」阿樂信心堅定，「還有一天半的路程，食人井會出現眼前。」

阿樂的計算十分準確，他們在預定時間進入白龍堆腹地。

在步入最險、最難的關隘前，大夥兒先嚐到一點甜頭，因為著名的甜水泉就在這兒。約爾和麥巴倫遠遠看到清泉，歡呼著向它奔去，連有氣無力的薛靈璋都一下子奔到泉邊大叫：「我想洗一個澡，我許久沒洗澡了，男人們去躲一會吧。施詩，我們輪流監視他們。」

「泉水是給旅人解渴，你洗澡後誰還想喝？」戴小康一面掬水到嘴裡，一面向薛靈璋咆哮。男人們喝夠水之後趕忙拿出空瓶裝水。阿樂提醒同行的人：「能多喝一口便多喝一口，步過了甜水泉，我們會進入真正的『無水區』，要到回程時候才得到補充。」又俯身問戴小康：「你確實已告知他們食人井的事？他們確定要去嗎？現在改變主意還來得及。」

原本暢快地喝水的戴小康倏然停住動作，匆匆偷看各人一眼，怕他們聽到阿樂的話，幸好眾人專注於水泉，沒留心其他。

她邀請阿樂做嚮導的時候，他鄭重表示：「我雖然經常為探險隊做嚮導，卻不喜歡為遊客服務，出了事我怎辦？探險隊的人瞭解風險，死了沒話說，遊客卻不知死活。進入白龍堆已經相當冒險，你還說他們想探入食人井，他們究竟知不知道後果？」

「他們也是探險隊，你看，大鬍子有工作證，又有政府批文，稍後還會去塔克拉瑪干沙漠做考察。」戴小康狡辯。

阿樂看了批文後仍然不放心：「食人井的事呢？他們知道危險嗎？為甚麼一定要進入井內？」當地人完全不明白為甚麼有人願意為一口枯井交上性命，年中總有一些活得不耐煩的人自尋死路，他相當不忍。

「他們完全瞭解危險性有多高，成功探入井內又安全出來的大有人在，他們務必要探索井底之謎。」戴小康自己也躍躍欲試：「阿樂，我也想進井內看看，你說好嗎？」

「當然不好！」阿樂大聲斥責，「兩年前，我帶路的探險隊就有一個隊員進去了沒出來。事發前我已再三警告，誰知我越說得詭異陰森他們越興奮，越是要進去看過究竟。生命啊，不值錢嗎？」

「失蹤者有沒有帶工具和儀器進去？」戴小康聽得又怕又得意。

「當然有，像許多人一樣帶了攝錄機進去。也跟之前發生過的一樣，攝錄機一進井口便失靈。我曾力勸他們不要繼續，美國人不單不聽話，更加快動作爬入井內。」阿樂重重嘆氣，「其後從對講機傳來一句我們不明白的話就再沒聲息。」

「甚麼話？」戴小康沒一點怕，像小孩子一樣對神祕故事充滿好奇。

阿樂仰天深思，始終不明所以：「美國人說：『原來你們都在這裡。』」

戴小康仔細玩味，這句話極之陰森可怖，「你們」是誰？可以猜想一定是他認識的人，但井底不可能有人。

「人人都說井內見到事物的人不能走出來，果然，美國人說完那句話之後失去聯絡。」阿樂怏怏不樂。

「還有其他人敢下去嗎？」

「沒有了，其他人終於曉得心寒。他們知道食人井的故事，但聽說還聽說，當親眼目睹同伴在井裡失蹤，所有人都嚇傻，動也不能動，更遑論下井救人。」

戴小康七心八竅都在動，苦苦盤算：哄第一個下井相當容易，可是一個下去之後沒了聲息，第二個還會上當麼？那麼她頂多讓一個人得到懲罰，她應該讓誰先下去？薛靈璋還是施詩？她們滿心期待看到成吉思汗陵，下井後一定消失，地球少一個貪得無厭的人也不錯，不過約爾和麥巴倫不會讓女人率先行動，她必須想一個有說服力的藉口。

阿樂則相當疑惑，出發之前戴小康告訴他，這是一次有良好計劃的科研行動，人人都瞭解此行的危險和困難。最初，看見甘肅軍部借出車子，他也相信這是一支有來頭的、專業的研究隊伍，但經過幾天相處，阿樂肯定他們只屬烏合之眾，不單裝備簡陋，行動也很不俐落，兩個女人日夜喊辛苦，不可能是行慣險的人。

又到了晚上，大家又圍著篝火吃東西。據阿樂預計，明天晌午便會見到食人井。阿樂還說，他們身處的地方其實是羅布泊最平靜的區域，夜間的風不會像早幾天刮得那麼狂，應該可以酣暢地甜睡一覺。

這一夜，沒有風聲，他們依然無法入眠，因為大家都非常緊張，目的地快到，有甚麼等著他們？薛靈璋和施詩滿心滿腦都是成吉思汗陵墓的幻想；約爾跟麥巴倫預期會遇上戴小康背後的有勢力人士，到時情勢將變得凶險。阿樂和蒙非悄聲商量，如果有人進入井後失蹤該如何應變；戴小康仍想不到要薛靈璋或施詩身先士卒鑽入井去的藉口。

因為大家都滿懷心事，所以人人都睡得不好。麥巴倫和約爾享受沐浴在繁星的靜夜，銀河系的星雲美麗無匹、百看不厭，兩人圍著篝火遲遲不回帳篷休息。戴小康要提防阿樂和蒙非破壞好事，等兩人走入帳篷之後才敢去睡覺，經過一輪輾轉反側，矇矇矓矓地闔了眼。其後，營外一陣嘈雜聲吵醒她，細心聆聽，帳篷外有人說話，聲音距離她頗遠，戴小康聽不清內容，只感到人們越說越激動，聲音越提越高。

憤怒從心上冒起，他們為甚麼要趁她睡了才說話？薛靈璋、施詩、麥巴倫和約爾還可以理解，聽出另有男人用普通話快速對答，即是說蒙非和阿樂都參與其中。

不好了！阿樂會把食人井的事說穿！戴小康一骨碌翻起身衝出營帳，在幾公尺以外，篝火燒得正旺，紅紅烈烈的火照亮旁邊每一個人。他們聽到戴小康弄出聲音，同時向她望去，在忽明忽暗的光線下，全部六個人都用非常狠辣的目光向她怒目而視。

戴小康頓時心虛，向後退了幾步卻撞到帳篷，在退無可退的情況下，她勉強笑笑，問：「你們商量甚麼？」

施詩率先發難：「大家跟你無仇無怨，何須要我們的命？」

約爾也悻然斥責：「要不是阿樂心腸好，勸我們不要冒險，我們極可能命喪井底。」

戴小康為功敗垂成而洩氣，她已盡量分開阿樂和兩個女人，因為薛靈璋和施詩會說普通話，可惜到了最後關頭，計劃還是差點砸了——說「差點」，是因為戴小康早就想好如何應付。她不慌不忙，冷靜地解釋：「你們應該明白古代陵墓充滿危險，我不告大家關於食人井的事，是以為你們願意為發掘成吉思汗陵付出任何代價，說些不吉利的話只會使各位瞎擔心……」

「別狡辯，」麥巴倫打斷她，「我並非為挖成吉思汗陵而來，你一樣沒把預知的危險告訴我。」

「我不認為有危險，」戴小康一昂頭，理直氣壯，「多少探險員順利進出食人井，甚麼事也沒發生。」

「既然有探險隊進出食人井而甚麼都沒發現，你憑甚麼說那就是成吉思汗墓的入口？」薛靈璋最關心仍是這個。

「如果人人都有本事發現成吉思汗陵，它就不會成為千古之謎。正如秦始皇陵，在它重見天日之前已存在二千多年，二千多年來一直沒人發現。在陝西驪山附近，人們一代一代過生活，就是沒發現，誰能給你解釋為甚麼？」

戴小康的話看似有道理，薛靈璋一時不能反駁，還是阿樂緊捉問題不放：「你一定有詐，要不然我再三問你有沒有告訴他們食人井使人神祕消失的事，你亦再三撒謊說他們已經清楚瞭解，居心何在？」

「我不想嚇著他們呀，」戴小康繞圈子，把歪理兜兜轉轉地說，「說了使他們瞎擔心……」突然，妄想自己歪理得逞的戴小康住了嘴，先是瞪大眼睛，然後垂頭看自己雙腳，接著張大嘴巴，最後發出尖叫！

幾米外的人隨她的目光望去，嚇然發現她沒了腳掌。

沒了腳掌！發生甚麼事呢？不單腳掌，很快，當所有人仍未反應過來，戴小康的小腿沒了一半，她身旁的帳篷亦緩緩向下陷！

當外來者仍在張嘴結舌的時候，經驗老到的阿樂大喝一聲：「流沙！不得了！流沙！」他趕忙從背囊找出一條粗麻繩拋向戴小康，大叫：「接住啊！」

戴小康心裡發麻，她不願相信，但不能不相信，她和阿樂一樣習慣在沙漠活動，對於沙漠的一切，當然比外來者瞭解，所以她跟阿樂同樣快速地知道：自己陷在流沙裡！

流沙，只要有沙粒的地方，都有可能發生這種駭人現象。一般研究相信，流沙是因為沙床下有水流向上湧，使沙粒互相膨脹散開，從而呈現半漂浮狀態，只要有比重大於水的物件落到沙上，便會像在水中一樣往下沉。沙粒越粗大，上湧的水流越猛，形成的流沙噬人越快；反之，沙粒粗大，水流微弱，流沙噬人的速度會較慢。

如果遇到慢流沙，只要動作迅速，人們可以及時跑出來；如果不是，就必須有極冷靜的頭腦，嘗試浮在沙上，或者以慢慢滾動的方式滾向堅實的地方。可是誰能遇上流沙之際還可以冷靜？誰還可以在埋住腿部之前躺下來浮起？

麥巴倫不知道附近有沒有水流，卻肯定戴小康遇到的不是慢流沙，因為戴小康在嘗試逃出來之前，一雙小腿已沒了，要不是她接得住阿樂拋去的麻繩穩住跌勢，應該已被沙粒淹埋下半身。他沒有阿樂的勇毅和敏捷，只像其他人一樣首先望向自己腳下，確定所在範圍不是流沙地，才撲上前幫阿樂一把，緊緊拉扯麻繩。

戴小康的叫喊聲不絕，她忿忿不平：「怎會選中我！茫茫沙海，我怎地偏偏站在流沙上！」流沙出現與水源有關，沙漠地區本來就不易有水源，就算有，流沙活轉的範圍可能只有一兩公尺。與廣袤的羅布泊沙漠相比，一兩公尺的地方儼然一粒芝麻，戴小康偏偏踩在芝麻上，她覺得被魔鬼殘忍地戲弄了！

別說戴小康，以沙漠為家的阿樂也是第二次見到流沙將人埋沒，如果他不夠機靈，也未必想到眼前發生甚麼事。眼看戴小康在幾個漢子的拉扯下仍然緩緩下墜，他大喊：「女的也來幫忙啊！站著幹甚麼！小康，讓繩子套在胳肢窩下，然後把繩的另一端丟過來！」

戴小康試圖依阿樂的說話做，但不可能，她只能勉強緊握麻繩，饒她已比一般女孩子壯健力大，尚能支持片刻，然而不到十分鐘，她腰部以下已不見了；如果沙粒淹至肩膊，她再也不可能把繩子抓牢！是以她再加一倍氣力來緊捉麻繩。不過，她下半身被流沙猛向下拉，上半身被五個人用力向上扯，身體根本招架不來，那雙死死抓住麻繩不放的手開始擦破皮，血滲入麻繩，痛得她慘叫，叫聲十分淒厲。在生死存亡的剎那間，她的心充滿恨意，為甚麼上天要懲罰她？明明是這群不速之客來打擾她的生活，明明是這群貪心霸道的人強迫她交出祕密，才讓她動了歹心。說做錯了，這群人肯定錯在先也錯得更嚴重，可恨上天卻只懲罰她一個人！

想到兩個至親至愛，戴小康淚流披臉，儘管筋疲力竭，仍再擠出一點力量。她不能想像失去了她，媽媽和弟弟怎能過活！戴小康萬料不到，那天一別便成永訣，眼淚如雨落下。這時候她沒悲傷只有恨，為甚麼上天不分青紅皂白？她一生沒害過人，上天不懲罰壞心腸的人，卻要斷絕媽媽和弟弟唯一的依靠，她一家害了誰？難道永遠要過苦不堪言的生活？

雙手已痛得麻木，血沿著麻繩流在沙上，戴小康知道自己將葬身沙漠，她在沒頂之前依然不忿，依然抖動能活動的、露出地面的身軀掙扎。在繩子另一端的人越看越難過，薛靈璋早已哭起來，卻愛莫能助，誰也沒膽量搶近流沙範圍。人人都聽到她在叫喊，叫聲逐漸變得微弱，沒人聽懂她在撕心裂肺地怒吼：「救我！我不要死！我還要照顧媽媽和小健！為甚麼我要死？我不要死，你們要救我呀！」

叫喊持續了幾分鐘，對沙漠上的六個人來說似歷幾生幾世。所有人目睹半昏厥的戴小康胸口以下消失，雖然大家曾惱恨她不安好心，亦始終沒放棄營救。

戴小康的意識漸漸迷糊，呼叫聲戛然而止，縱然雙手仍死死抓著麻繩不放，實際上已失去知覺，帶著滿心的怨恨和不甘，她無力地閉上眼睛。

第十章　荒漠奇遇

戴小康清醒過來已是兩日後的事。

她張開眼睛，一張熟悉的臉伸到眼前，接著，那張臉現出真摯的笑容。沒可能的，自己竟然見到約爾．康德。

她想動，卻感到渾身發燙而且痛楚不堪，這時候才發現雙手裹著繃帶，自己躺在睡袋之內，腦海一片混沌。

「你醒來了，真好，幸好你夠強壯，而且生命力頑強。」約爾由衷高興，舒一口氣，餵她喝水，「我們正在返烏魯木齊途中。」

戴小康開始恢復記憶，她當日胸口以下沒入流沙，是死定的了，竟然奇蹟地逃過一劫，真不可思議。她喜極而泣，低語：「我竟然死不了，竟然！」接著亂七八糟地說了些話，欣喜不已。

阿樂接口：「我們也不知道為甚麼，大家都以為你死定的，雙手雖然抓住麻繩，雙肩卻已陷下去，人人都洩氣地跌坐地上。但很奇怪，過了好一會，我們還是看到你的頭、手和脖子。原來流沙突然停止流動，在千鈞一髮的剎那，你絕處逢生，及時從鬼門關口跳出來。」

「對呀，完全不可想像，就差一點點你就沒命，好像有神靈突然遏阻流沙活動，一切變化既急且奇。」

說話的是麥巴倫，他那句「好像有神靈突然遏止流沙活動」使戴小康沉思起來，教她想到要求她尋找《聚魂之地》的好朋友們，唯有他們才具備救她於絕境的能力。

戴小康眼神不再疑惑，似乎洞悉玄機，表情變化使機心重重的施詩起疑：「你想到甚麼？我們救了你的命，你不要再耍弄我們，要坦白交代一切。」

薛靈璋從始至終只關心成吉思汗陵：「你一直在撒謊，你根本不知道蒙古皇陵的祕密。」

約爾不喜歡兩個女人的涼薄態度，插口說：「戴小康很虛弱，讓她休息夠了再說吧。」

麥巴倫附和好友：「她欠我們一個交代，走不了的，何須心急。」

戴小康垂下頭，一半因為氣力不繼，一半因為慚愧，閉著眼睛氣若游絲地說：「我不是不想解釋，可是你們還相信我嗎？真相比我自稱知道成吉思汗陵的祕密更匪夷所思，你們給我耍弄了一次，還願意相信我？」

「說來聽聽，且看該不該相信。」薛靈璋眼眸精光一閃，若有比成吉思陵更驚世駭俗的發現，她願意原諒戴小康。

「好的，我會坦白交代，不過要待我精神恢復之後才說，因為那是一個很長的故事，要說明白很花氣力。」

一行人終於平安返抵烏魯木齊，當大家又看到車水馬龍的大街，都有恍如隔世之感。戴小康在醫院養傷兩天，復元得很好，除卻傷口仍有痛楚之外，精神已無大礙，她覺得需要坦白交代真相了，首先誠懇地向大家賠不是：「對不起，因為我曾經立心不良。」

「算了吧，」薛靈璋心急知道有甚麼比成吉思汗陵更不可思議，催促，「坦白從寬，就由你為甚麼要搜購《聚魂之地》說起。」

戴小康回復了原本的率直純真，眨著眼睛委婉地道：「你不用心急，我接下來會一一說到，不管你們是否滿意答案，總之我言無不盡，亦言無不實，好了吧？」舔舔乾澀的嘴唇，她從頭細訴：「你們一定打聽過我的背景，知道我家很窮，父親早死，母親長期患病，還有一個腦筋不靈光的弟弟，生活說多艱難便多艱難。我高考全蒙古第一名，也只有機會念一年大學，我多麼希望憑知識扭轉命運，可惜，我沒錢交第二年學費。去年暑假，我黯然離開北大回家，我覺得自己一生都屬於貧窮……」

戴小康抱著失意和痛苦回家，看到又病又弱的母親和對著她傻笑的弟弟，心情異常惡劣，她跟戴小健吵了一架，然後臥在床上一天一夜不吃不喝不停流淚。

到了第二天天亮，她發覺弟弟外出後一夜未歸，焦急得很。弟弟不懂事不是他的錯，他其實也很乖。嘆一口氣，她認命，拖著又累又餓的身軀出外尋找。

漫無目的地走了半小時，一臉疲倦的戴小健迎面而來。她生氣地責備弟弟，問他去了甚麼地方過夜，他竟然答：「去了努格斯河的大胡楊樹下。」

戴小康嚇了一跳，努格斯河一帶很荒涼，離家又遠，河的中段有幾個廢置的蒙古包，末段有幾棵胡楊樹，除此之外應該再沒其他，據說，也可能有鬼。

「你一天一夜就在荒野中度過？有甚麼好玩？玩得不回家了。」戴小康又對弟弟凶起來。

這一問，竟使戴小健臉色大變，他緊抿嘴巴不說話。

戴小健是傻子，不會藏心事，從來直腸直肚，極少欲言又止想說又不敢說。於是戴小康放軟聲音，溫柔地逗引他：「有甚麼也不怕說，姐姐會幫你解決問題，我們是相親相愛的好姐弟，有事不要瞞著我。」

戴小健點點頭，稍覺心寬，姐姐在溫柔細語的時候總能讓他的心冷靜踏實，可是他仍不放心，多問一句：「姐姐，是不是不管發生甚麼事，你也會給我解決？」

這真把戴小康問倒，她也希望自己有解決一切問題的能力，可惜她太渺小，她能解決的事情不會太多。振作一下，她搭著弟弟的肩膊壯聲回答：「對，我一定會為你解決問題。告訴我，甚麼事使你困惑不安？」

戴小健拍拍胸口，完全放心，低下頭，嘴巴貼在姐姐耳朵，神神祕祕地小聲道：「我聽到有人說話。」

「有人說話？」戴小康感到弟弟呼吸濃重，神色詭異，不解：「有人說話有啥稀奇？你要不安成這樣子？」

「我是說在胡楊樹下聽到有人說話，但是呢，那裡根本沒有人。」

一陣寒意透遍全身，她第一個念頭是：小健遇鬼。

努格斯河一帶本來就有很多鬼鬼怪怪的傳言，她從來都視作村民消閒解悶的炒作，但今日弟弟言之鑿鑿地告訴她沒有人卻聽到人聲。

「在白天聽到還是在晚上聽到？」

「白天聽到，晚上也聽到，一靠在大胡楊樹就聽到。」

鬼怪不是在夜間出沒的嗎？如果白天都出現，是這個鬼怪太厲害，還是根本不是鬼怪？也許弟弟產生幻覺，若真是這樣就慘了，他的精神狀態一定有問題。小健已經是傻子，如果又變成瘋子，那怎麼辦？

想到弟弟又有新問題，戴小康心慌意亂。

「你在怎樣的情況下聽到聲音？你慢慢地想，聽到過多少次？甚麼時候開始聽到？是不是每一趟都在相同的地方聽到？他們說甚麼？」

一連串問題對戴小健來說不好答，太複雜，他想了許久才說一些：「你去了北京之後，我悶死了，心裡難過，所以經常獨個兒去努格斯河發呆，那兒的鳥叫很好聽，聽累了便在樹下睡覺。有一天，我睡了但被吵醒，睜開眼來沒看見人。」

「聲音說些甚麼？」戴小康越發寒冷。

「不知道，只聽到有聲音，但不是在說話。」

戴小康鬆一口氣，猜測是空曠地方的各種天籟，又或是弟弟在做夢，他總愛大驚小怪。

「哎呀，你不早說？曠野上甚麼聲音沒有？風聲、樹搖、鳥叫、沙鳴，聲音多得是，你要古古怪怪地告訴我？」戴小康拍一下弟弟的頭，不以為然。

戴小健聽了不高興：「難道我不知道風聲、鳥叫是怎樣的？我說聽到有人在說話就是有說話的聲音，不是風聲或鳥叫。」

「可是你不知道他們說甚麼啊。」

「因為他們不是說我們說的話我才不知道他們說甚麼，好像那個幹部，他有時候也說些我們聽不懂的話。」戴小健的思路忽然變得清晰，他說的「幹部」乃四川人，剛調遷來蒙古。

四川來的幹部偶然會說點川語，蒙古人當然不知道他說甚麼，如此表述，成功讓戴小康明白弟弟確聽到人聲，只不過不明白說話的內容。這現象極之奇怪，如果戴小健產生幻覺，不應該幻想知識以外的事。她有看過心理學的書，從沒說過外國人產生說中國話的幻想，壓根兒就不認識的事從何幻想？也不會是鬼怪，蒙古的鬼當然由蒙古人變成，除了蒙古語和普通話，蒙古鬼還會說別的嗎？

正當戴小康想得入神，戴小健補上一句：「不過，最近我聽懂他們的話，我還跟他們聊天。」

戴小康白眼朝天，氣死了，弟弟越說越不像樣，她嗔道：「你剛才還說聽不懂他們的話。」

「是呀，最近他們說我們說的話，我聽懂了。我最初很害怕，沒有人卻有把聲音，我問他們是鬼麼，他們竟然用我聽得懂的話說他們不是鬼怪，也不會害我，還想跟我聊天，於是我們聊起來。他們很好呢，聽我有時候說得流眼淚，問我有甚麼可以幫忙，不過我不曉得叫他們怎樣幫忙。姐姐，我很沒用是不是？」

戴小康的腦子一片紊亂，她判斷不了甚麼事情發生在弟弟身上，他邪靈附體嗎？看小健的臉色不壞，身體也還健康，鮮蹦活跳與平日無異，似乎不像傳說裡被鬼怪纏身的模樣。

「告訴我，你在哪裡聽到聲音？我也要去聽聽。」戴小康雖然害怕，然而為了弄清真相，她願意親身走一趟，「你向誰說過聽到聲音？有沒有跟娘說？」戴小康最擔心別人把戴小健看作瘋子。

「沒有啊，人人都說我傻，我還告訴他們幹甚麼。娘嗎？她叫我不要煩她。」

戴小康放心了，鄭重囑咐：「對，說了人們會更加討厭你，甚至以為你是瘋子，所以千萬不要告訴別人你聽到怪聲。」

戴小康並非立即往努格斯河畔跑，她要休息夠了，做充分的心理準備，才去面對一件可驚可怖的事。

兩天後的下午，姐弟倆挽著手向河畔走去。從家裡走到努格斯河邊需要兩個多小時，該處一片荒涼，小孩子並不喜歡到這裡玩耍。有時候戴小健受了孩子們欺負，才會一個人跑到這裡生悶氣。戴小康就嫌這兒太僻靜，叫弟弟別來，他就是不聽話。

儘管在大白天，由於四野無人，加上戴小健的奇異經歷，使戴小康的心虛怯極，把弟弟的手抓得牢牢。戴小健已有多次經驗，本來不害怕，卻被姐姐的緊張感染了，到達目的地之後兩人四周顧盼，好一會沒說話。

站了片刻，戴小康發覺除了風聲、樹搖、鳥叫之外再沒其他，問弟弟：「沒有聲音啊？你聽到有聲？」

「不是這樣的，」戴小健大搖其頭，「站在這裡聽不到說話聲，要在樹下睡覺才聽到。」一邊說，一邊向最大的一棵胡楊樹跑去。

戴小健從從容容地坐下來倚靠樹幹，拉著姐姐坐在一起，然後煞有介事地閉上眼睛。戴小康也學著他閉眼緊靠樹幹靜坐。

寂靜的氣氛讓她漸漸發毛，閉著眼一片黑暗教她胡思亂想，腦海亂成一團、心跳加速。幾分鐘後，戴小康還沒聽到甚麼，正說要走，赫然聽到戴小健對著空氣說：「我帶了我姐姐來，你們也跟她說話吧。」

戴小康嚇瘋了，霍然而起，大喊：「走吧，有鬼！」

戴小健一把拉住她：「他們說很高興你來了，你聽不到他們說歡迎你嗎？」

戴小康更恐懼，用力拉扯弟弟的手猛叫：「走吧走吧！哪有甚麼聲音？你別瘋了！」

戴小健的力氣比姐姐大，她拉他不動，反而被扯跌了。戴小健勸說：「你用心一點聽吧，他們說只要靜下心，便會聽到他們的話。」他示意姐姐將頭緊貼樹幹、閉上眼睛，並鼓勵她：「別怕，安安靜靜地用心聽。他們從沒傷害我，也不會傷害你，用心靜靜地聽。」

最初，戴小康真的靜不下心，除了自己的心跳，她完全感覺不到別的事情，直至從戴小健的手傳來力量，想到一個笨孩子也不怕，她沒理由害怕。再過一會，緊張的情緒慢慢舒緩，心情放鬆一些，在毫無先兆之下，一把聲音在她耳邊響起，不斷重複說：「若你聽到我們的聲音，請說話。」

聲音沒有抑揚頓挫，平板生硬，男女難辨，似從機器發出的一般。戴小康戰戰兢兢地回應：「我聽到你的聲音，你是誰？為甚麼只有聲音而不見人？」

「人類有視障，所以看不到我們。我們很希望大家能相見，可惜，以人類的眼睛結構看來，我們難以如願。」

戴小康不知道所謂「視障」的意思，於是多問幾句。聲音解釋：「舉例說，人類的眼睛在沒有光的情況下看不見東西是不是?那是視障的一種;又如果有一種不透光的物體擋在物件前面,人類不會看到物體後面的物件,這亦屬視障的一種。還有很多情況,你想知道更多嗎?」

戴小康不服氣,沒有光線當然看不見事物;如果有實物遮擋還能看到後面的物件,那就是透視眼。沒有透視眼就叫「視障」,實屬奇聞。她不打算深究,因為有更多值得追問的事:「你們究竟是甚麼?鬼魂?」

「人人都這樣問我們,十分奇怪。我們當然不是鬼魂。我們從很遠很遠的星體來到地球,我們的生命跟人類毫無相似之處。」

就算戴小康曾經在北大念書,尚算略有見識,外星人依然難以接受。當然,她有看過描寫外星人的小說,那跟《西遊記》的孫悟空或《聊齋誌異》的狐妖同樣娛樂性豐富,可是她對此沒有進一步的幻想。而今天她遇上了外星人,她該怎樣面對眼前發生的事?不,不是眼前發生的事,因為她甚麼也沒看到。

在戴小康迷惘不已的時候,聲音又說話:「我們很困難才成功跟人類溝通。在同一個星球竟然有千百種不同語言,我們每停留一處,究研到一種語言系統,到了別處竟然全不管用。接觸你弟弟之後,我們開始分析他的語言。幸好他比我們從前遇到的任何人更喜歡說話,經常坐在樹下自言自語,大大幫助我們做究研分析。」

戴小康湧上陣陣淒涼,她知道弟弟很寂寞,小健沒有朋友,人人都拿他取樂,自己身為長姐永遠只顧念書，他只能跟自己說話。

一滴眼淚沿睫毛輕輕滑落，聲音立即追問：「甚麼事發生了？你在哭。」

「你知道我在哭？」戴小康大吃一驚。

「你們看不到我們，但我們看得見你們，我們沒有視障——或者說，視覺組織比人類完善很多。」又問：「為甚麼你和你的弟弟經常產生負能量？」

戴小康不明所指。聲音又要解釋一番：「我們經常從人類身上探測到負能量，哭泣是發出負能量的行為之一。你的弟弟經常哭泣，才跟你接觸不久，也看到你哭泣。甚麼原因導致你們哭泣？有甚麼可以幫忙？」

「為甚麼要哭？」這問題很久沒人問她，依稀之中，父親和母親和藹慈祥地問過，但已經太久遠了，而且他們也沒有問「有甚麼可以幫忙」。多少年的困頓生活，戴小康在苦苦掙扎的時候，都很渴望有人可以幫她一把，只是現實中從來沒有；別說幫忙，連得到多一點關懷也不容易。所以儘管那聲音聽來冷冷硬硬、不帶感情，也教戴小康無比感動。她立即對著空氣把一生的不如意都說了，一邊說一邊大哭，說了大半小時才停住哭喊。

聲音待她說完，道：「你說話的時候負能量不斷加劇，雖然我們不太瞭解你說的事，但我們很希望幫助你。我們可以為你做甚麼？」

戴小康擦乾眼淚，沒抱太大期望，以一貫的率直回答：「有錢就可以解決問題。」

「錢是甚麼？如何得到？」聲音的問題引人發噱。

又是她一生都沒聽過的話，錢是甚麼？如何得到？面對如此不知所謂的問題，她一時無言以對，隨後胡亂地又說：「也不一定是錢，可以是黃金、鑽石……」她說了知識範圍之內，一般被認為值錢的東西。

聲音問了很多關於「錢、黃金、鑽石……」的資料，最後竟然說：「黃金最容易提煉，給我們一些時間。明天這個時候你可以來領取，我們會將之埋在這棵樹下。」

張著嘴巴，傻傻呆呆的戴小康完全不相信聲音的承諾，不相信自己經歷的一切。環顧四周，景物都很實在，不似做夢，戴小健還興高采烈地歡呼，所有人事物都真實無比。

孰真孰假，明天自有分曉。

第二天相同時間，戴小康飛奔到努格斯河，二話不說挖開胡楊樹下的泥土，六塊金磚光亮閃爍，她興奮得跳了又跳，真的樂瘋了。其後平復下來，就懷疑黃金不是真的，又擔心怎樣才能將之變換成現金。

* * *

「那確實是真正的黃金？」約爾將信將疑。

「確是，」戴小康點頭，「是純度最高的黃金。」

在旁的四個人各有原因地同時抽一口涼氣。

「大量拋售黃金會引人懷疑，你怎樣處理？」施詩似審問犯人，態度可惡。

「要應付日常生活，我不必大量拋售黃金。一個月有一萬塊，我們便生活得像神仙，我只求一家人吃得好些，病了有錢醫治，房子破了可以修葺。直至去貝洛奇參加拍賣會，我才需要找人鋪橋搭路將大量黃金出售。」

「聲音叫你去參加拍賣會？」薛靈璋滿腹疑團。

「不是，他們沒指使我去拍賣會，不過他們想我幫忙找一件似畫的東西……」

＊　＊　＊

聲音供給戴小康許多黃金，得來的錢足夠一家三口無憂無慮地過十年生活。聲音還說如有需要可以繼續供應，真是再無後顧之憂。戴小康曾想重踏校園，不過一年的大學生活其實並沒留給她美好回憶，最終打消念頭。今天的她已不愁生活，天大地大，她決心要過不一樣的日子。

戴小康對聲音感激無比，經常往胡楊樹下跑，跟聲音聊天。她心裡相信，聲音原是有無邊法力的神祇，每次跟聲音聯繫都懷著虔誠、感恩的心。不過幾次接觸過後，戴小康發覺聲音不是無所不知、無所不能，相反，他不懂地球也不懂人類，經常問她想都沒想過也很無聊的事。例如他們會問：「為甚麼人類只能活幾十年？你不覺得太短了？怎麼可以做宇宙航行？」又問：「人類和地球充斥強大負能量，你不覺得可怕嗎？」有一次更奇怪，問戴小康：「人類下半身除了兩條腿之外，可以變作一條能在地下滑動前進的器官嗎？好像蛇一樣。」

面對古靈精怪的各種問題，戴小康大部分時候只能說「不知道」。不過她很乖巧，主動說自己知道的事，從地震、海嘯、韋伯望遠鏡到秦始皇和肺癌，從蒲公英、海豚、造山運動到芭蕾舞和電影，林林總總，給聲音搜羅很多地球資料。聲音說，雖然曾經跟人類接觸，唯有她最樂於跟他們溝通，她和戴小健成了聲音最好的朋友。

有一天，聲音要求戴小康為他們找一個人，這人的下半身有時候是一雙腿，有時候會變換成一條可以在地下滑行的肢體，就像蛇一樣，而這個人是女性。

戴小康納悶極，天底下怎會有這樣的女子？她看過安徒生童話集，知道有人首魚身的美人魚，不過那只是逗小孩子的角色。聲音給她一個重要線索，就是那幅似畫的東西。聲音說，就算不能找到那女子，找到那幅畫也很好。

「這樣說來，那幅畫的仿製品是聲音給你？」施詩翻著白眼，一心想揶揄她。

「當然。」戴小康鑑貌辨色，知道施詩嘲弄她滿口謊言，也沒奈何，繼續說，「雖然漫無目的找一件不確定是否存在的東西可能徒勞無功，但我得了他們的大恩惠，為他們出力責無旁貸，碰巧這時候看到貝洛奇的廣告，知道拍賣會有很多名畫出售，我便去碰運氣。」

「我們在蒙古包地下發現的黃金將會用來買畫？」施詩最多問題。

「你說那幅畫可能很貴，聲音就給我準備大量黃金。」

麥巴倫相當疑惑：「黃金你要多少有多少，還需要當導遊？」

「當導遊很快活，既可四處見識，又可以學習外語。聲音對人類語言系統很有研究，教會我學習外語的竅門。帶老外旅遊，甚麼外語都學到，法語、德語、瑞典語、俄語、日語、韓語我都懂一些，相比在大學念書，快樂何只多一萬倍！不用看校裡高幹子弟炫富，又不用看教授勢利的模樣，更不用為像我一樣窮途落魄、要吃冷飯菜汁的同學流淚，我還幫助了不少貧苦的同學，我從沒如此滿足快樂過。」戴小康雖然疲累，語氣卻充滿喜樂。

「磁場消失和臭氧層破洞也是聲音告訴你？」麥巴倫非常關心。

「不是他們還有誰？聲音說這種現象並非出於自然。」

麥巴倫相當認真：「此話何解？」

戴小康要了杯水，喝飽後才有力氣說下去：「他們沒解釋，因為真相會使我害怕和擔憂，所以不說。」

「聲音甚至有能力發出強大電波使磁場恢復。」約爾有不俗的聯想力。

戴小康茫然搖頭，表示不明白約爾說的事。

幾個人輪番盤問，戴小康答得爽快直接，她說的一切雖然脫離現實，卻找不出破綻與矛盾。

麥巴倫很興奮，向戴小康請求：「請你帶我去胡楊樹下，我要認識他們。」轉頭向約爾咧嘴大笑：「我們竟然可以一償夙願，有機會接觸外星人。」

戴小康一口答應。

薛靈璋接受不了外星人，也不相信戴小康，望著約爾和麥巴倫，相當不屑，說：「她鬼話連篇，你們竟然相信？」

戴小康哈哈一笑，並不在乎得不到薛靈璋的信任，向她發出挑戰：「信不信由你。努格斯河畔你們早已到過，難道還害怕嗎？」

約爾躍躍欲試：「單憑那幾百塊黃金已有足夠的說服力。」麥巴倫跟好友相視而笑，前者那熱切渴望的眼神，跟薛靈璋說到成吉思汗陵的時候完全一樣。

至於施詩則冷眼旁觀，尋寶本來就是她的工作，當然不會放過機會。薛靈璋心裡不信，卻又不甘心退出。於是幾個人又再去到蘇尼特左旗。

第十一章　人首蛇身的女人

戴小康回家見過弟弟和母親之後，提議立即出發。薛靈璋奇問：「聲音任何時候都在？」

「也有不在的時候。我不是每一次都可以輕而易舉接觸他們，有時候待在樹下兩三小時都接不上。你們要有耐性。」

除了戴小康，其他人比出發去羅布泊時更緊張，外星人遠比成吉思汗陵高不可攀。與上次一樣，往努格斯河的路上遇不著一個人，只是今次的目的地不是中段的蒙古包，而是末段的胡楊樹群。麥巴倫與約爾沿路討論，很想知道為甚麼外星人總要靜靜地來到地球，他們會在復活島擺石陣，會在農田上畫圖案，卻不選擇在華爾街或香榭麗舍大道出現，是擔心地球人害怕他們，還是他們害怕地球人？除了成吉思汗陵，薛靈璋並不關心其他事，依她猜測，外星人不會知道《聚魂之地》後來成為蒙古皇陵的路引，她期盼外星人有高科技可以藉畫找到陵墓位置。施詩由始至終守於隊末，她邊走邊忙碌地記下路程細節，準備向幕後老闆報告。

四人各自在心裡盤算，都想得頭昏腦脹，終於等到戴小康用手一指，叫嚷：「就是那最大的一棵樹。」

幾棵胡楊樹零星散布在河畔，戴小康指示的一棵雖然最高大，枝葉卻並不茂盛。胡楊樹在蒙古隨處可見，它看來其貌不揚。

來到樹下，麥巴倫問戴小康：「每次都藉同一棵樹聯絡上？」

「對呀，其餘四棵我試過很多次都接不上。」

「問過聲音沒有？為甚麼只有這一棵樹才可以與他們聯繫？」約爾撫摸樹幹，樣子溫柔。

「聲音也不明所以，他們說現在仍未能完全掌握跟人類溝通的方法，有時在無意之間就有了接觸，有時很刻意去接觸某些人卻得不到反應，他們說地球和地球人很奇怪。」

「例如呢？」一談到科學，麥巴倫的問題沒了沒完。

「例如說，人類雖然是地球最高等的生物，卻是他們知道的最低級高等生物。地球人生命短暫得不可接受，充滿負能量，物競天擇的生存模式讓人驚訝……。他們說了很多很多，結論就是地球人的一切，都沒有在別處見過。」

「他們的壽命有多長？」又是麥巴倫。

戴小康不耐煩，打發他：「你有問題待會兒直接問他們。」她指揮眾人：「來吧，開始你們的神奇之旅。大家盡量緊貼樹幹，頭部尤其重要。放鬆心情，越輕鬆越好，甚至可以催眠自己，進入打瞌睡狀態。就算好一段時間沒有聲息，千萬不可心急，有時候需要兩三小時才得到反應。總之別說話，保持心境寧靜清明。」

戴小康重複同一番話幾遍，聲音放得很輕柔，成功讓各人釋除緊張。也許因為倦極，也許因為周遭太寧靜舒暢，半小時後，大家昏昏欲睡。在出其不意之際，薛靈璋和約爾被戴小康的聲音驚醒，後者對著空氣欣悅地說：「我知道是你們救了我，謝謝你們！」

麥巴倫第二個接上：「我聽到聲音，可是我不知道他說甚麼。」

「他說普通話，」薛靈璋又驚又喜，戴小康這次沒撒謊，真有一把聲音從樹幹傳來，她向麥巴倫翻譯：「他們從流沙中救了戴小康。」

「我早已猜到，」戴小康接口，「聲音一直在中亞細亞地區活動，尤其活躍於沙漠地帶，只有在人跡稀少的地方，他們的儀器才不會被人體發出的負能量干擾。他們的儀器對負能量特別敏感，我臨死之前的掙扎，產生很大的負能量。」

「能叫他說英語嗎？」約爾和麥巴倫一樣聽到聲音而不明白內容，很焦急。

「他們懂英語，我們經常以英語交流。」

「外星朋友，你們有多少數量在地球活動？」麥巴倫開心得像小孩子。

「我們有三個成員來到地球。」

得到回答，麥巴倫興奮得扭動身體。聲音轉用英語，儘管聲調怪怪的，但全部人都聽懂。

「只有三個人？研究地球只派出三個人？」麥巴倫從小就夢想可以接觸外星人、可以多瞭解宇宙，這麼遙不可及的夢竟然成真，他喜不自勝，「你們在哪裡？在我的前面？左邊或右邊？還是在很遠的地方？」

「我們大約在你右前方約十公尺之外。」

五人同時舉目，當然甚麼都看不見。

聲音掌握他們的一舉一動：「放棄吧，人類看不見我們，人類的視覺系統充滿缺陷，有時連顏色都判斷不了。」

聲音所言非虛，人類視覺的缺陷多不勝數。例如人體的視網膜雖然有五百萬個負責辨別顏色的錐體，但面對天空中的藍光和紫外光，只會產生藍色和白光的神經反應，所以肉眼望向天空只有藍色；雖然紫外線的折射程度與藍光一樣強，我們永遠不會看到紫色的天空。人類也感應不到紫外光譜，原因不明，也無法改變。那只不過是眾多視覺缺陷中的一小項。

聲音續道：「我們來地球的主要目的並非做研究，而是要找一個生物。」

「戴小康說你們要找人，找人跟找生物不一樣。」約爾不解。

聲音詳述始末：「事情其實是這樣的：大約在地球時間十萬年前，我們三位宇航員飛往一個星體採集資源，當航行到太陽系邊緣時，我們收到宇宙很多高級生物都會用的求救訊號。」

「怎樣的訊號？」麥巴倫的求知欲無限大，宇宙的不同星體竟然有共同訊號，他嘆為觀止。

「你不必細問，因為人類不具備發射訊號的能力。」這句話使麥巴倫很掃興。「我們收到訊號，當然立即找尋發端者的位置並施予救援。」

「生物怎個模樣？」薛靈璋矇矇朧朧有些主意，她想起當日在「談古說艷」跟袁保的對話，

「請形容一下生物的樣子。」

「像人，像女人，不是像，而是一模一樣：有長髮，兩個鼓脹的胸脯，腰間收窄。跟現今地球人最不同之處，就是她下半身有時是兩條腿，有時可以變換成一條柔軟的、能讓她在地上滑行的肢體，像蛇。」

聲音的描述教人摸不著頭腦，十萬年前懂得發出星際求救訊號的是女人，這個女人呈半人半蛇的形貌。

「說我們要找一個人或一個生物也可以。我們找到求救者，她正無助地飄浮在太陽系外圍而且受了重傷。我們救了她，她要求我們將之送到地球。」

大家頭上都長滿問號，約爾最冷靜，問：「她怎麼知道地球？為甚麼要來地球？」

「我們曾認為她是地球人，至今我們仍未否定這個看法，因為兩者的生命形態極之相似，甚至受了傷之後會流血，血液成分跟我們最近採集到的人類血液樣本相同。她從宇宙地圖中指出地球的位置，要求我們降落。」

宇宙無垠，宇宙地圖有多大？任比例縮到再小，宇宙地圖也應該無限大，它竟然可以隨身攜

帶？宇宙地圖如何繪製？然而除了地圖，有更多值得關心的事：「她為甚麼要來地球？」

「不知道，她對太陽系和地球十分熟識，應該是地球人。」聲音堅持己見。

「她受傷了，有人襲擊她？」

「我們並非用同一種傳訊系統，所以只能做最表面的溝通。她確實遭受襲擊，施襲者還一直緊追不放來到地球的大氣層外，然後發射氯原子射線擊穿臭氧層，使臭氧層破損了一個大洞。」十萬年前的人類還沒學懂鑽木取火，卻有高科技招惹外星敵人和發射星際訊號，聲音救的女人不可能是地球人，而是跟地球人極度相似的外星生物。

「擊穿臭氧層的用意何在？」施詩問。

「據傷者說，敵人的身體不能接觸氧氣，一進入地球便會極速氧化然後消亡。他們要攻入地球，便得消滅地球上所有氧分子。對方沒辦法消滅氧分子，唯有從太空發射武器追擊傷者。可是武器射出的輻射光線完全被臭氧層吸收，只好先想辦法除去臭氧層。」

「敵人成功了沒有？」據麥巴倫所知，一九八五年才首度發布臭氧層破洞的消息，如今說來，臭氧層早在十萬年前曾經穿破。

「敵人發射大量氯原子成功擊破臭氧層，那時候臭氧層的破洞約有百分之二十五地球面積。」

氯原子至今仍是破壞臭氧層的元凶，因為它會被臭氧分子中的氧原子吸引，然後結合在一起，形成一氧化氯，接著氯原子很快又從一氧化氯中釋放出來，重新再破壞臭氧分子。一個氯原子大概可以破壞十萬個臭氧分子，氯原子破壞臭氧之後自己絲毫無損。現代人常說化學物品破壞臭氧層，正因為很多化學品都會分解出氯原子，例如殺蟲劑中的四氯化碳、冰箱最常用的二氯二氟甲烷。若氯原子成為武器，地球的臭氧層沒有招架之力。

「那時候的臭氧層比現在厚得多，對方能擊穿一個大洞十分不容易，幸好他們的實力只限於此。傷者表示，對方怕極被氧化，地球可以保護她。」

直到現在，科學家研究外星是否具備生物繁殖條件時，會視氧氣為必要條件，麥巴倫從來都認為這個論點荒謬，人類需要氧氣不代表所有生物都需要氧氣，用自己的生存條件衡量全宇宙生物，眼界狹隘。果然，有外星人不單不需要氧氣，氧對他們來說甚至是致命物質。

聲音再說：「我們路經地球，沒想過面對星球大戰，我們的裝備也不足以應付星際戰爭。幸好如傷者預料，對方很快知難而退。其後，傷者在我們幫助下採集了很多礦石，她說石頭可以燃燒，然後提煉出修復臭氧層的物質。」

麥巴倫想起俄羅斯學者發表的報告，提出用特定波長的激光照射大氣層，因為該類激光能被氧分子吸收，使氧分子處於非常活躍的狀態，在陽光照射下，這些分子會分裂成氧原子，再與完整的氧分子結合形成臭氧，如果方法成功，臭氧層便可以修復。可是甚麼礦石可以提煉氧？又用甚麼方法提煉氧？知道方法就好了，人類不用再面對臭氧層破損帶來的災難。

一直沉默的薛靈璋以十分堅定的語氣發表意見：「我知道你們找的是誰。」所有目光都投向她，而薛靈璋只望向施詩，因為她認為施詩會明白自己說甚麼：「在太陽系邊緣受傷的生物是女媧。」

麥巴倫和約爾不是中國人，不曉得女媧傳說；戴小康雖然是中國人，不過女媧傳說在蒙古、中國北方並不流行。女媧煉石補青天的故事在黃河中下游和東南方流傳最廣，原籍山東的施詩應該甚為熟識。

雖然蒙古人不熟識女媧，她的名堂還是聽說過的，當薛靈璋提到她，戴小康甚至比施詩更快做反應，問：「你為甚麼這樣想？」

薛靈璋覺得自己特別聰明，洋洋得意地說：「打從聽到你說聲音要找一個『下半身有時是能滑行的肢體，像蛇一樣』的人，我已經聯想到女媧。在某些區域，女媧以人首蛇身的形象為人所傳誦。可是這念頭太荒誕不經，連我自己都無法接受。如今，聲音說那女子煉石修補天上的缺口，我再不懷疑外星傷者正是女媧。」薛靈璋轉向約爾：「穆薩利的遺言也指出《聚魂之地》乃東方一位女神之物，我的朋友，榮寶齋的袁保聽說忽必烈曾在河北涉縣徵求女媧洞內的物品……。所有證供都極之吻合、完全一致：《聚魂之地》和女媧有關。」

除了薛靈璋，其餘所有人，包括聲音，都不知道故事的全貌。戴小康、施詩和聲音不知道穆薩利和他祖先的故事；聲音也跟麥巴倫和約爾一樣，不曉得女媧在中國的傳說。惟有薛靈璋，她知道最多，於是把散亂的片段拼湊成完整故事：

約在十萬年前，太陽系邊緣有一個生物被敵人襲擊受傷，傷者發出求救，被其他外星生物救到地球，敵人為追殺目標而擊破臭氧層，傷者的心腸好，負傷煉石修補了臭氧洞。其後，在不明的原因之下，傷者成為中國神話裡的人物，名曰女媧，傳說中造人的就是她，而她的遺物——《聚魂之地》，又在不明的原因下成為蒙古皇陵的路引。

薛靈璋茫然搖頭，覺得很虛幻，自己的聲線聽來虛無縹緲：「你們尋找的畫其實是甚麼？那東西是你們的還是女媧的？它有甚麼用途？」

答案來得快速而肯定：「那東西是一條化學程式。傷者修補了臭氧破洞之後依然不安，記下修補臭氧的程式，但又不知用甚麼方法記錄才能流傳下去。我們提出主意，製作那東西，它由修補臭氧所用的物質按比例合成，燃燒後會產生氧原子，再與完整的氧分子結合形成臭氧，有了這條『藥方』，地球的生命可以永遠在臭氧層的保護下生活。縱然我們跟傷者無法直接溝通，依然感受到傷者極之愛護地球。而程式為甚麼似一幅畫，其實它不是畫，而是我們模仿家鄉一種『玩具』製作，貪玩而已。」

「當年你們和女媧曾在中國活動？」施詩似懂非懂又似信非信。

「當時我們急著離開，匆忙中只粗略記錄地球的方位和降落位置，大概就是中國。你們能告訴我女媧仍在地球嗎？」

問題瘋狂之至，竟然有天外來客尋找一個神話人物，還問她在不在人世。

薛靈璋反詰：「找她有甚麼目的？」

「目的有二：我們關心她的傷好了沒有，要不要更多幫助；其次想瞭解她被害的原因。宇宙中甚多害群之馬，我們必須有所防範，我們想得到更多施害者的資料。」聲音忽然又問：「你是不是想要黃金？你們擁有那幅畫，有帶來麼？是否要黃金交換？」

黃金不是不好，卻絕非薛靈璋渴望的東西。

「我想要別的可以嗎？」薛靈璋舔舔唇，亢奮使她臉紅耳熱。就像小女孩遇到能給她三個願望的神仙，外星人也許比神仙更有本領，至少沒限制只給她三個願望。在說出要求之前，她再一次問：「為甚麼一定要那幅畫？畫雖在，女媧早已不在，單憑那張畫可以幹甚麼？」

「那東西有百分之八十的物質具有記錄聲波的功能，如果找到畫，我們可以分解物質，抽出聲波，然後嘗試將之解譯，如果成功，我們有可能知道它在悠悠歲月中經歷了甚麼。其實，地球上能吸收並記錄聲波的物質多得是，例如樹木、岩石、銅、鐵……」聲音一連串說個不停，都是日常所見的普通物質。

麥巴倫和約爾同時譁然，這是多麼了不起的科技！原來一般物質都可以吸納聲波，如果人類掌握從物質抽取聲波的技術，無數物質將變成錄音帶。當人們以為四野無人自言自語說心事的時候，身邊能吸收聲波的物件絕對有可能出賣你。以後，人類再不能將祕密宣之於口，這是何等驚天動地的事！

戴小康忽然想到一個之前沒想過的問題：「傷者看得見你們嗎？」女媧是不是人類，這是其中一項關鍵。

「她看得見我們。」聲音的語氣依然冰冷，「她另一項跟人類不一樣的特徵，正是她沒有視障。」

女媧是人類嗎？她下半身可以變成蛇，她也沒有視障，幾可肯定不是人類；不過她對地球十分瞭解，而且不單外表跟人類一樣（下半身有時候也是一雙腿），她還會流血，血液成分與人類完全相同。

女媧究竟來自何方？

聲音又道：「我們另一項任務是探索地球，我們帶備很多搜集及分析數據的儀器。我們得到的第一項數據，是地球人的壽命竟然只有幾十年，彈指即逝，使我們難過又震驚。」

「你們的生命很長嗎？」約爾不服氣。

「我們不像人類，你們的生命是單程路，從生走到死，僅此而已，所以很難給你們說明白。」

「你們擁有雙程生命？從生走到死，再死而復生。」麥巴倫的幻想力有限，未能突破生與死的困鎖。

「不，甚至不是循環，我們生存在多維空間，所以人類無法理解我們的生命歷程。雖然單程生命屬低等的生命形式，也不應如此短促。幾十年，甚至不能飛到銀河系邊緣，如何探索宇宙？」

「為甚麼一定要探索宇宙？」施詩嗤之以鼻。

「探索宇宙乃高級生物的基本責任，物質宇宙是我們的家，你能不瞭解自己的家嗎？而且地球資源有限，生命卻可以無限繁殖，不探索宇宙又如何得到其他星體的資源去滿足生存需要？人類的生命太短暫，你們永遠無力做太空遠航，情況就像一隻螞蟻看地球，地球是螞蟻的家，牠卻絕無可能瞭解地球，地球有再豐富的資源，螞蟻都無福消受。我們認識的高等生物，最短也有相等於地球幾百萬年的生命，他們起碼可以享用附近星體的資源。」

大家無話可說。的確，有關宇宙的一切數字大得驚人，單說人類身處的銀河系，直徑十萬光年；韋伯望遠鏡能看到一百五十億光年以外的太空，跟人類的壽命完全不相稱，我們永遠只能以望遠鏡遠眺宇宙，沒趣之至。

聲音繼續說：「我們救了傷者到地球，只停留了一會，因為我們還有任務在身。完成任務之後，我們立即回家上好裝備，再次到來。這段時間，地球已過了許多萬年。以萬計的年月，人類可以付出這樣的時間嗎？生命太短暫，人類身在宇宙之內卻又被摒棄在宇宙之外。

另一個我們希望瞭解的問題，是為甚麼地球和地球人不斷發出負能量。今次到訪，自進入大氣層之後，我們探測負能量的儀器就無法負荷。當時我們停在一個大草原上，步出太空船之後，目睹一個怵目驚心的場面：一隻獅子逮住一隻斑馬，獅子撕裂斑馬的身軀，斑馬慘痛嘶叫、掙扎、死亡，過程不到十分鐘。我們的負能量測量計跳升至自動停頓，怎麼可能？據我們所知，在如此巨大的負能量之下，沒有生物可以存活。」

「你們在非洲的草原降落，該處是個弱肉強食的地方。」話畢，麥巴倫又覺得自己的話很無聊，弱肉強食本來就是地球法則，無處不是。

「為甚麼要弱肉強食？一方的滿足從另一方的痛苦而來，痛苦的一方由於驚怕、掙扎產生大量負能量；而勝出的一方同樣要掙扎拚命，一樣釋出強勁的負能量。高級生物何以用這種模式生存？」

「難道其他星體不是這樣？你們如何得到食物？或者說如何維持自己的生命？」麥巴倫心有戚戚然。

「我們無須『維持』生命，生命一旦開始，會延續直至消亡。我們不必燃料也不要食物。我們可以存在因為我們已經存在。」

約爾欣羨不已：「人類遠遠不及，幾十年的人生已經很短，大部分時間用來賺取生計、努力求存，的確很低級。」

「人類具備自主和創造力，符合高等生物的最低要求。不過我還是無法理解，為了維持自己生命，必須剝削其他生命的生存權已經很奇怪，人類傷害或殺害其他生命甚至其他人，很多時候根本不是為了滿足生存需要，很多時候根本沒得到實際利益，純粹出於精神扭曲，例如妒忌、憎恨和貪心。」

麥巴倫猛然想起一件要事：「我們不久之前探測到神祕電波從這一帶發出，是你們幹的嗎？」

「我們確曾發出超強電波。」聲音答得爽快，「人類的生命很脆弱，外太空有射穿臭氧層、干擾地球磁場的力量，你們懵然不知，沒有任何反應。我們一直觀察外來的破壞力量，哪天大家短兵相接了，我們唯有還以顏色。」

「人類跟本沒能力做反應。」麥巴倫情緒激動，手舞足蹈，「我早就對航天局說是外星人幹的，地球上誰也沒能耐把地磁玩弄於股掌。知道敵對力量來自何方嗎？跟追殺女媧是同夥？」

「我們不確定。他們從前用氯原子射線擊破臭氧層，今天武器已全面升格，他們在擊破臭氧層的同時也能干擾地球磁場，力量非常強大。」

「幸好他們依然不能闖入地球。」

「他們的武器雖然比當年厲害，卻依然害怕氧氣。我們希望人類好好珍惜自己的臭氧層，這是強而有力的保護網。如果有一天，臭氧層保不住，罪魁禍首可能不是敵方。」

太陽下山，天色開始轉暗，戴小康催促：「天黑之前我們要離開。」

聲音追問：「那張畫呢？甚麼時候帶給我們？」。

施詩把握時間討價還價：「畫對我同樣重要，我想憑藉它去尋找成吉思汗陵墓，你就讓我先達到目的然後才交給你。」

除了薛靈璋想收漁人之利而暗笑，麥巴倫、約爾和戴小康三人都看不過眼，畫的物主是女媧，或說是約爾也可以，施詩竟視為己有。

外星人不瞭解人類的陰險狡詐，竟然想幫助施詩：「沒有誰比我們更能解讀畫裡的訊息，你帶它來吧，我會把讀取的所有資料告訴你。不過我們需要時間，說不定要多久。」

薛靈璋警告施詩：「成吉思汗陵不是你一個人能吞得下，別想撇下我。」

＊　＊　＊

其後，麥巴倫和約爾反覆討論當日的奇妙經歷。

「像造夢一樣，我至今仍然懷疑胡楊樹下聽到的聲音屬幻覺。」約爾覺得回味無窮。

「幻覺？」麥巴倫給好友警告，「幻覺會解剖你的畫？你再不爭回《聚魂之地》的控制權，那些女人會據為己有。無論如何，我不會放手，不管日後事態發展如何，我都要參與其中。」

約爾不愛鬥爭，尤其不想跟女人鬥爭，心裡納悶：「你猜畫裡真箇藏有成吉思汗陵的資料嗎？」

麥巴倫情緒高漲：「成吉思汁陵算甚麼，《聚魂之地》經歷了十萬年的歲月，說多精彩便多精彩。我但願人類有同樣的本事，讓花草樹木、石頭、金屬都可以釋放訊息，我們便可以揭開地球和人類的所有謎團。」

一道熱氣湧上胸膛，雖說不想跟女人鬥爭，但約爾肯定，自己必須挾著《聚魂之地》，才可以在日後變化莫測的故事中占一個角色。

「成吉思汗真的不算甚麼，」約爾深表認同，「與女媧相比不值一哂，你認為她是人類嗎？」

麥巴倫搓揉著大鬍子陷入苦思。

女媧是人類嗎？這謎團比成吉思汗陵有趣得多，也比成吉思汗陵更難解破，他必會緊捉不放，誓要查根究柢。

釀冒險66　PG2903

聚魂之地

作　　者	端木弘彥
責任編輯	廖啟佑
圖文排版	黃莉珊
封面設計	王嵩賀

出版策劃	釀出版
製作發行	秀威資訊科技股份有限公司 114 台北市內湖區瑞光路76巷65號1樓 電話：+886-2-2796-3638　傳真：+886-2-2796-1377 服務信箱：service@showwe.com.tw http://www.showwe.com.tw
郵政劃撥	19563868　戶名：秀威資訊科技股份有限公司
展售門市	國家書店【松江門市】 104 台北市中山區松江路209號1樓 電話：+886-2-2518-0207　傳真：+886-2-2518-0778
網路訂購	秀威網路書店：https://store.showwe.tw 國家網路書店：https://www.govbooks.com.tw
法律顧問	毛國樑　律師
總 經 銷	聯合發行股份有限公司 231新北市新店區寶橋路235巷6弄6號4F 電話：+886-2-2917-8022　傳真：+886-2-2915-6275

出版日期	2023年7月　BOD一版
定　　價	300元

Printed in Taiwan

讀者回函卡

國家圖書館出版品預行編目

聚魂之地 / 端木弘彥作. -- 一版. -- 臺北市：
釀出版, 2023.07
面；　公分. -- (釀冒險；66)
BOD版
ISBN 978-986-445-812-7(平裝)

857.83　　　　112005632